Dieses Handbuch gehört:

Das Große Handbuch der Magischen Künste

Zusammengestellt von Poppy David
Illustriert von Jessica Roux

Aus dem Englischen von Cornelius Hartz

PRESTEL
München · London · New York

Anmerkung des Verlags:

Das Originalexemplar dieses Buchs wurde 1951 im Museum für Zauberei und Magie im britischen Cornwall gefunden. Es war Teil einer großen anonymen Bücherspende und befand sich in einer Kiste mit dem Vermerk „ungeprüft“. Ein Brief eines gewissen Conrad Gessner an seinen Enkel lag in dem Buch. Der Verlag hat versucht, die beiden ausfindig zu machen, doch leider ohne Erfolg. Uns war es also nicht möglich, den Inhalt der folgenden Seiten zu überprüfen. Wir raten daher allen, die sich für Magie und Zauberei interessieren, ihre eigenen Nachforschungen anzustellen. Aber lasst dabei große Vorsicht walten und vergesst nie die Risiken eines solchen Unterfangens!

inhalt

Vine Court
81 Bovender Lane
Gloucestershire
15. Juni 1925

Mein lieber Alfie,

wenn du diese Zeilen liest, ist mein kostbares Album in deine Hände gelangt. Ich habe es versteckt, weil der Inhalt den unbedarften Leser erstaunen, ja vielleicht sogar ängstigen könnte.

Wie du weißt, habe ich in meiner Laufbahn als Naturforscher die ganze Welt bereist. Was du noch nicht weißt: Auf meinen Reisen habe ich etwas herausgefunden, das mich sehr überrascht hat. Ich hätte nie geglaubt, dass es sie wirklich gibt, aber es ist wahr: Ich habe die Magie entdeckt!

Magie ist so wahrhaftig wie die Sterne, so stark wie die Kraft einer Welle, die gegen den Felsen schlägt, so unaufhaltsam wie der Wandel der Jahreszeiten. Sie ist überall. Sie ist kein Spiel, kein Zaubertrick, sondern eine natürliche Kraft, die die ganze Welt erfüllt. Mit eigenen Augen habe ich gesehen, wie Männer und Frauen aus der Energie von Sonne, Mond und sogar der Luft, die wir atmen, einen derart mächtigen Zauber zogen, dass ich kaum daran zu denken wage, was passieren würde, geriete dieses Wissen in die falschen Hände.

In diesem Album habe ich meine Erkenntnisse festgehalten. Meine nächste Expedition führt mich nach Burma, auf der Suche nach einem Wald mit magischen Würgebäumen. Ein so gefährliches Abenteuer, dass ich dir vor meiner Abreise unbedingt noch schreiben wollte.

Ich habe dir das nie gesagt, aber ich glaube, du hast eine Menge von mir geerbt: Du bist neugierig, temperamentvoll – und vor allem mutig. Wenn mir auf meiner Reise etwas zustoßen sollte und du meine Forschungen fortsetzen willst, wirst du all diese Eigenschaften unbedingt benötigen. Für den Anfang genügt es aber sicher, einfach dieses Buch durchzublättern.

In Liebe,
Dein Großvater, Conrad Gessner

Sonntag, 10. Februar 1895

Ich habe eine höchst seltsame Woche hinter mir. Am Montag brachte meine Nachbarin im Morgengrauen einen hübschen Knaben zur Welt. Das Seltsame daran ist: Sie sagte mir schon vor Monaten, dass sie wisse, dass ihr Kind ein Junge werden würde. Und nicht nur das: Sie war sich sicher, er werde in den frühen Morgenstunden zur Welt kommen, und beschrieb, wie er aussehen würde. Ich fragte sie, woher sie all das wisse, und sie erzählte mir von einem Seher. Dieser hatte Steine mit Symbolen darauf in die Luft geworfen, und als sie wieder zu Boden fielen, jedes Detail der Geburt des Kindes aus dem Muster gelesen - sein Geschlecht und auch, dass es schreien würde, bis man glaube, das Haus stürze ein.

Kurz nachdem das Kind das Licht der Welt erblickt hatte, bekam meine Nachbarin Besuch von einer Heilerin. Sie brachte ihr einen Schlaftrunk und eine Halskette für das Kind, gegen die heftigen Schreianfälle. Wie konnte diese Frau bloß wissen, dass genau diese Dinge benötigt wurden?

Alles, was meine Nachbarin mir vor Monaten erzählt hatte, ist auf unerklärliche Weise eingetreten. Mehr noch: Hier scheint eine Kraft am Werke zu sein, über die niemand sprechen will.

Bin ich Zeuge von Magie geworden, in ihrer reinsten und natürlichsten Form? Ich sehe keine andere Erklärung und muss unbedingt mehr herausfinden.

EINE KURZE GESCHICHTE DER MAGIE

Auf den folgenden Seiten sind alle Informationen über die wunderbare Welt der Magie zusammengestellt, die ich bisher sammeln konnte. Ich will aber keineswegs behaupten, dass meine Aufzeichnungen vollständig sind, allzu groß ist das Reich der Zauberei.

Magie existiert – und zwar überall. Ich bin in die entlegensten Gegenden der Welt gereist, habe dort faszinierende Menschen getroffen und von ihnen die verschiedensten Geschichten darüber gehört, wo und wann die Magie entstanden sein soll.

Zunächst einmal scheint sie schon viel länger zu existieren, als man denkt. Seit der Mensch Sonne, Meer und Sterne kennt, gibt es die eine oder andere Form von Magie. Im Laufe der Geschichte haben die Menschen sich mit ihrer Hilfe unbegreifliche Dinge und Phänomene zu erklären versucht. Vielen Kulturen bot die Magie Orientierung in allen Lebensfragen. Sie ist eine Naturkraft, die auch in unserem Leben allgegenwärtig ist. Nur weil wir sie nicht sehen können, sollten wir nicht glauben, sie existiere nicht. Auf den folgenden Seiten habe ich notiert, wie historische Kulturen Magie auf unterschiedlichste Weise angewandt haben. Was wird sie uns wohl in der Zukunft bringen?

Zauberer und Hexen

Diese Menschen sind der Schlüssel zu meinen Nachforschungen: Falls es mir gelingt, sie ausfindig zu machen, werde ich zweifelsfrei beweisen können, dass Magie existiert. Sie werden entweder mit einer magischen Begabung geboren oder sie erlernen das magische Handwerk im Laufe ihres Lebens. Die gebräuchlichsten Bezeichnungen für diese Personen sind „Hexen" und „Zauberer". Wir sollten nie vergessen, dass magiebegabte Menschen über eine Kraft verfügen, von deren Existenz nur wenige wissen und die kaum jemand versteht. Ich verwende diese Begriffe daher mit dem allergrößten Respekt.

Ich habe schon viele Namen für Menschen mit magischen Kräften gehört – Magus, Hexenmeister, Schwarzkünstler oder sogar Dämon. Aber nichts erscheint mir so treffend wie Hexe und Zauberer.

BABA JAGA

Baba Jaga ist die wohl bekannteste Hexe. Seit Hunderten von Jahren kennt man in Russland, Polen, der Ukraine und Belarus ihren Namen.

Ich spürte sie in einem kleinen russischen Dorf auf: Sie hatte durchdringende schwarze Augen, hohe Wangenknochen, einen Mund so dünn wie ein Strich – eine beeindruckende Erscheinung. Eine schwarze Katze war stets an ihrer Seite.

Baba Jaga besaß Kräfte, von denen ich bislang nur in alten Büchern gelesen hatte. Wenn sie auf ihrem Besen durch die Lüfte flog, wirkte sie mit ihren schwarzen, rauschenden Kleidern wie eine Krähe. Sie konnte sich unsichtbar machen und ebenso freundlich wie grausam sein. Nicht allen, die zu ihr kamen und ihren Rat suchten, bot sie ihre Hilfe an.

Eines Nachts wagte ich mich in den Wald und sah ihr Haus: eine bröckelnde Holzhütte, die auf Hühnerfüßen ruhte. In der nächsten Nacht fand ich sie an anderer Stelle wieder – sie musste auf den Hühnerfüßen dorthin gelaufen sein! Etwas, das man Baba Jaga schwerlich verzeihen kann, ist ihre unschöne Angewohnheit, Kinder zu verspeisen. Ich kann nur mutmaßen, dass sie gute Gründe dafür hat.

MERLIN

Obwohl er schon lange tot ist, war ich bereits von Merlin fasziniert, bevor ich mit meinen Aufzeichnungen begann.

In Tintagel im englischen Cornwall thront auf einer verwitterten Klippe über dem tosenden Meer eine Burg. Tief in ihrem Inneren befindet sich eine Bibliothek, in der Merlins Schriften aufbewahrt werden. Dort las ich, wie er mit Tieren sprach und mit den Geistern der Toten Kontakt aufnahm. Ich las von Zaubersprüchen und Tränken, mit denen er Kranke und Verwundete heilte, von Visionen, die wahr wurden. Merlin war Magier, Kräuterkenner und Seher. Ein echter Zauberer! Ein wenig verdächtig erscheint mir, dass ich kein einziges schlechtes Wort über ihn fand – hatten seine Kritiker Angst vor ihm? Oder hat er sie etwa verhext?

EINE KURZE GESCHICHTE DER MAGIE

Magie im Alten Ägypten, 3 000–300 v. Chr.

Wenn jemand vom Alten Ägypten spricht, denken wir an mächtige Pharaonen, geheimnisvolle Pyramiden, verfluchte Gräber und Mumien. Für die Alten Ägypter war die unsichtbare Macht der Magie allgegenwärtig. Sie prägte ihr Leben von der Geburt bis zum Tod und darüber hinaus – auf der Reise ins Jenseits.

Mithilfe der Kraft des geschriebenen Wortes belegten sie einander mit Zaubern, indem sie ihre „geheimen“ Namen herausfanden (Namen, die die Götter ihnen zum Schutz vor dem Bösen gaben). Sie trugen Amulette und Glücksbringer, stellten Zaubertränke her, beteten zu ihren Göttern und wurden sogar mit magischen Anweisungen für den Übergang ins Totenreich begraben.

Die Kraft der Namen

Im Alten Ägypten trug jeder Mensch zwei Namen: einen, den ihm seine Eltern nach der Geburt gaben, und einen zweiten, den nur er und die Götter kannten. Dieser geheime Name bewahrte vor Unheil. Wenn ihn jemand herausfand, erlangte er Macht über die betreffende Person.

Die Zauberkraft der Worte

Viele Ägypter konnten die komplizierte Hieroglyphenschrift nicht lesen. Weil sie so schwer zu erlernen war, wurde ihr eine ganz eigene magische Kraft zugeschrieben. Leute, die in der Lage waren, die Magie der Hieroglyphen zu entfesseln, belohnte die Gesellschaft mit wichtigen und mächtigen Positionen, denn sie konnten Zaubersprüche lesen und aufschreiben und Ratschläge in Fragen der Medizin und Gesundheit erteilen.

Heiler gehörten zu den angesehensten Mitgliedern der Gesellschaft. Und ein Heiler, der lesen konnte? Die reinste Magie!

Magie und Medizin

Was ist magischer als ein Leben zu retten? Im Alten Ägypten sprach man Menschen, die Krankheiten heilen, vor Stichen giftiger Tiere schützen oder Frauen durch die Geburt begleiten konnten, magische Kräfte zu.

Während meiner Expedition durch Ägypten zeltete ich am Rande der Wüste in der Nähe der Pyramiden von Gizeh. Eines Nachts wanderte ein Skorpion in mein Zelt. Mein einheimischer Begleiter stimmte einen magischen Gesang an – der Skorpion erstarrte und marschierte wie ein kleiner Soldat aus dem Zelt hinaus zurück in die Wüste. Der Mann hatte den uralten Zauber der Skorpionbeschwörung angewandt.

Das altägyptische Totenbuch

Hierbei handelt es sich wohl um das berühmteste Zauberbuch aller Zeiten. Ich fand ein Exemplar im Hinterzimmer eines kleinen Buchladens in Kairo. Es war auf Papyrus geschrieben, kurz vorm Zerfallen und roch ziemlich stark. Diese antike Schriftrolle steckt voller Hinweise darauf, wie man sich im Jenseits zurechtfindet. Abschriften des Textes wurden zusammen mit dem Verstorbenen begraben – eine Art magische Gebrauchsanweisung für die Reise ins Reich der Toten.

Es gibt nicht nur ein Totenbuch, sondern viele verschiedene, jeweils für die Person oder Familie, für die es angefertigt wurde!

Magische Götter

Der altägyptische Gott der Zauberkraft hieß Heka. Er war bei der Erschaffung der Welt zugegen und verkörperte die unbekannte Kraft bei ihrer Entstehung: die Magie ... Das Wort „Heka" bedeutet nichts anderes als Zauberei. Man glaubte, dass Hekas Macht überall sei und in jedem Menschen stecke. Die Götter erhielten ihre Macht allein durch Hekas Magie, und auch Menschen hatten nur Zauberkräfte, weil Heka sie ihnen verlieh.

Schwangere Frauen verbrachten die Nacht vor der Geburt im Tempel und beteten zu Heka, damit er ihr Kind mit seiner Magie behütete. Babys bekamen zum Schutz Amulette mit dem Symbol von Heka umgehängt.

Was im Totenbuch steht

Die Alten Ägypter glaubten, dass man sich auf den Tod gut vorbereiten müsse, da die Reise ins Jenseits gefährlich sei. Das Totenbuch war voll von Zaubersprüchen, die einem auf dem Weg helfen sollten. Mir gefallen die Zaubersprüche 31 und 32 – zwei Beschwörungen, die vor Krokodilen schützen!

Einige der Zaubersprüche im Totenbuch waren Anweisungen dafür, was man an verschiedenen Punkten der Reise durch das Jenseits sagen sollte. Hier die Ratschläge für eine Begegnung mit einem Krokodil:

Zauberspruch 31

„Geh fort! Zieh dich zurück! Fort mit dir, du gefährliches Biest! Auf dass ich deinen Namen nicht dem großen Gott verraten muss, der dich geschickt hat."

Wenn man Zauberspruch 31 korrekt ausführt, wird der Tote die Gestalt des Gottes Ra annehmen und das Krokodil mit dem folgenden Zauberspruch vertreiben:

Zauberspruch 32

„Fort mit dir, du Krokodil des Westens, das auf den unermüdlichen Sternen lebt! Die Schlange Nau ist in meinem Bauch. Ich habe mich dir nicht ausgeliefert, deine Flamme wird mir nichts anhaben."

Magie in Griechenland und Rom, 800 v. Chr.– 500 n. Chr.

Aus der klassischen Antike – der Zeit der Alten Griechen und Römer – gibt es ebenfalls wundersame Berichte von Magie und Zauberei.

Hexen, Zauberer und die niedere Magie

Im klassischen Griechenland gab es in jedem Dorf und jeder Stadt magisch begabte Menschen. Hexen konnten einen Rachezauber aussprechen, um einem Bauern zu helfen, sein gestohlenes Vieh zurückzubekommen. Zauberer ließen sich dafür bezahlen, dass sie gute und schlechte Omen aus den Sternen lasen. Diese alltäglichen magischen Vorgänge bezeichnete man ein wenig abfällig als „niedere Magie".

Leider wurden Ausübende niederer Magie nicht immer gut behandelt. Plutarch berichtet von einer Seherin, die zum Tode verurteilt wurde, weil sie angeblich versucht hatte, durch Ausübung von Magie den Göttern gleich zu werden. Das griechische Wort für eine solche Sünde war „Hybris".

Magie in der Odyssee

„Die Odyssee" ist eine lange Erzählung in Form eines Gedichts, das laut vorgetragen wurde. Darin werden zum ersten Mal Zauberstäbe, magische Kräuter und eine Zauberin erwähnt – ein klarer Beweis dafür, dass es im Alten Griechenland Magie gab.

Heureka!

Die Griechen und Römer hatten mehr Wörter für magisch Begabte als wir. Ich habe mir die folgenden notiert, aber es gibt sicher noch mehr:

Mágoi
Magier, Sterndeuter

Pharmakis
Zauberin

Sagae
Weise Frauen, die Mittel gegen Albträume verabreichen und mit Geistern sprechen konnten

Thaumatopoioi
Wundertäter

Wissen ist Magie!

Der Mathematiker Pythagoras war bekannt für seine magische Begabung. Er konnte Adler zähmen, bestimmte Ereignisse vorhersagen und wurde einmal sogar zur gleichen Zeit in zwei verschiedenen Städten gesehen. Ein faszinierender Mann! Ich wünschte, ich könnte so gut mit Zahlen umgehen wie er – meine persönliche Buchhaltung ist das reinste Chaos.

Fluchtäfelchen

Fluchtäfelchen (auf Griechisch katádeseis oder katádesmoi) waren Holz-, Wachs- oder Metallplatten, in die Flüche eingeritzt wurden. Ein Fluch bestand aus dem Namen einer Person und dem, was mit ihr geschehen sollte. Das beschriftete Täfelchen wurde vergraben oder in sorgfältig ausgewählte Kräuter eingewickelt, damit der Fluch in Erfüllung ging.

In Italien habe ich ein Fluchtäfelchen aus dünnem Blei entdeckt. Mir lief es kalt den Rücken hinunter. Keiner meiner Reisegefährten wollte es anfassen. Darauf stand:

ICH VERFLUCHE ELENA VON ÄGINA, MÖGE IHR HIRN IN DER SOMMERHITZE SCHMELZEN, MÖGEN SICH IHR MAGEN IN STAUB, IHRE LEBER IN GIFT UND IHRE AUGEN IN PFÜTZEN HEISSEN WASSERS VERWANDELN. IHRE ÜBERRESTE SOLLEN IN DEN HADES REISEN, DAMIT ICH DEMETRIOS ENDLICH FÜR MICH HABE.

Die Tafel wird auf das Jahr 1085 v. Chr. datiert. Ich fand heraus, dass es damals eine Elena gab, die mit einem Würdenträger namens Demetrios verheiratet war und genau so starb wie im Fluch beschrieben. Wer hat ihn wohl verfasst?

Die Römer

Die Römer übernahmen vieles von den Griechen, nicht aber die Magie. Zauberei war offiziell geächtet, und Kaiser Augustus ließ alle magischen Bücher im Reich verbrennen. Aber natürlich kann man Magie nicht ausrotten – sie wurde im Verborgenen weiterhin praktiziert.

In geheimen Läden konnten die Römer Zaubersprüche und magische Ratschläge kaufen. Die gebräuchlichsten waren:

1. Ein Zauberspruch, um die Ernte vom Feld des Nachbarn auf das eigene zu hexen. Das war eigentlich Diebstahl!

2. Einen Dieb verfluchen: Wenn du wusstest, wer dich bestohlen hatte, konnte ein Magier einen Fluch gegen den Dieb aussprechen.

3. Siegeszauber: Mit ihrer Hilfe konnte man einen sportlichen Wettkampf gewinnen – oder in der Liebe siegen. Solche Zauber wurden buchstäblich „in Stein gemeißelt".

Streng verboten

Die Römer waren ein gesetzestreues Volk. Ich kann verstehen, warum Magie bei ihnen wenig geschätzt wurde. Als Strafe für überführte Zauberer drohte neben Kreuzigung, den wilden Tieren zum Fraß vorgeworfen oder bei lebendigem Leibe verbrannt zu werden.

EINE KURZE GESCHICHTE DER MAGIE

Magie in Afrika

Jedes afrikanische Land hat seine eigenen mächtigen Spielarten der Magie. Die Zauberkunst in Afrika war und ist bis heute eng mit der Natur, dem Leben und dem Wohnen verbunden. Mithilfe von Magie lässt man Ernten wachsen, heilt Kranke und segnet Häuser.

Minkisi

Das vom afrikanischen Gott Funza auf die Erde gebrachte nkisi (Plural: minkisi) ist ein Gegenstand oder eine Figur mit magischer Kraft. Im historischen Königreich Kongo wurden Minkisi genutzt, um verlorene Personen oder medizinische Probleme im Körper aufzuspüren.

Regen bringt Segen

Regenmacher sind hoch angesehene magische Personen, die als Könige, Königinnen und Schamanen tätig waren. Regen ist ein heiliges Geschenk göttlicher Mächte. Ihn vorhersagen oder kontrollieren zu können, ist eine große Kunst. In Südafrika hatte ich das Glück, Zeuge eines uralten Regenrituals zu werden.

Juju

Juju ist eine vor allem in Westafrika verbreitete Form der Magie. Wer sie anwendet, überträgt die Kraft eines (guten oder bösen) Zaubers auf einen Gegenstand, z. B. einen Talisman oder ein Amulett. Man sollte alle, die Juju praktizieren, fürchten und respektieren – denn sie könnten dein Leben verändern.

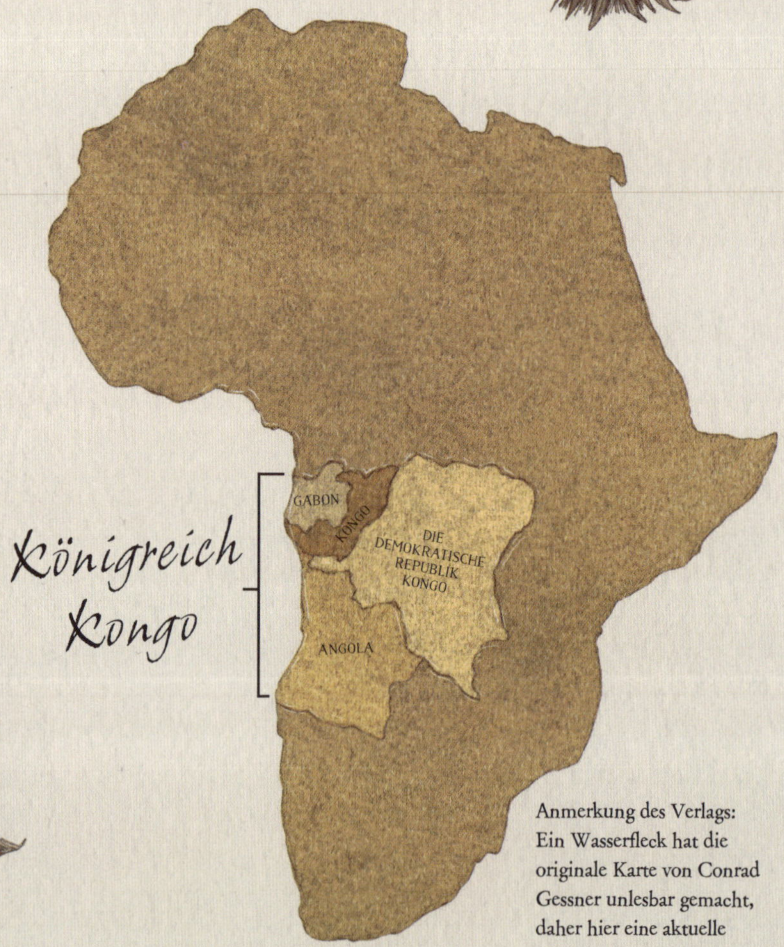

Anmerkung des Verlags: Ein Wasserfleck hat die originale Karte von Conrad Gessner unlesbar gemacht, daher hier eine aktuelle Abbildung.

Magie im Orient

Nach meinem Aufenthalt in Afrika reiste ich mit der Fähre von Dschibuti nach Jemen in den Nahen Osten. Hier liegt die Magie förmlich in der Luft. Nachts betrachtete ich die glitzernden Sterne am klaren Himmel, der so schwarz war, dass ich mich fühlte wie unter einer Samtdecke.

Das vollständige Buch zur Beurteilung der Sterne

In einer Bibliothek in der Stadt Beirut im Libanon fand ich einen wahrhaft magischen Wälzer: „Das vollständige Buch zur Beurteilung der Sterne“ von Abū l-Hassan ‘Alī ibn Abī l-Rijāl. Er war im 11. Jahrhundert Astrologe am tunesischen Königshof, als er dieses Meisterwerk schrieb. Es ist ein unverzichtbares Buch für jeden Himmelsbeobachter, mit langen Listen von Zeichen und Omen, auf die man am Himmel achten sollte. Es beschreibt die Kräfte bestimmter Planeten und wann sie am Himmel stehen. Und es erklärt, wie man den Sternen Fragen stellt und ihre Antworten deutet.

Picatrix

Als ich dieses Buch in Teheran im Iran entdeckte, war es mit einem Vorhängeschloss gesichert. Jemand hatte auf Arabisch und Englisch „Nicht berühren – unbekannte Kräfte“ darauf gekritzelt. Ich wusste sofort, dass ich „Picatrix“, das Handbuch der astrologischen Magie, vor mir hatte. Eigentlich heißt es Ghāyat al-hakīm. Es stammt aus dem 11. Jahrhundert und enthält Studien und Ratschläge zu den Bewegungen und der Macht der Sterne. Vor allem steht darin, wie man mithilfe der Natur Energie aus den Himmelskörpern ziehen kann. Hexen und Zauberer können diese Kraft wiederum auf Talismane oder Amulette übertragen und damit Geister oder Dämonen beschwören!

Moderne Magie: das 19. und 20. Jahrhundert

Mit der Zeit betrachtete die Menschheit die Magie immer weniger als Teil der Natur. Sie verkam zu einer Form der Unterhaltung. Ich habe Berichte von Magiern und Hexen gefunden, die als alberne Zauberkünstler billige Tricks in Varietés vorführten. In unserer modernen Zeit haben sowohl die Zauberer als auch das Publikum fast vergessen, dass es Magie tatsächlich gibt. In meinen Augen macht es dieser ganze Zirkus nur schwerer, an ihre Kraft zu glauben.

Magie im viktorianischen England

Im 19. Jahrhundert wurden Zauberer zu gefragten Entertainern. Auf den Bühnen der Londoner Varietés und Theater eroberten Zauberkünstler mit schwarzem Zylinder und wehendem Umhang die Bühne. Schon bald war Magie für die Menschen kaum mehr als eine nette Zerstreuung nach dem Abendessen.

Alles fauler Zauber

Harry Houdini ist der berühmteste Magier des 20. Jahrhunderts. Ich sah mir seine Show an, und auch wenn ich staunte, was er auf der Bühne anstellte, war es keine echte Magie. Er ließ sich in Ketten legen, er steckte gefesselt kopfüber in einem Wassertank, er wurde in eine Kiste eingesperrt – und jedes Mal gelang es ihm, sich zu befreien. Einen Moment lang ließ ich mich täuschen, aber hinterher schlich ich mich auf die Bühne und fand eine Falltür, eine doppelte Wand und versteckte Werkzeuge.

Mesmerismus

Im 19. Jahrhundert tauchten überall in Europa sogenannte „Mesmeristen“ auf. Sie behaupteten, jedes Lebewesen trage eine magische Kraft in sich, die man kontrollieren könne – und führten dies vor Publikum vor. Als ich mich näher damit beschäftigte, musste ich jedoch feststellen, dass das alles Unsinn war. Magisch begabte Menschen setzen ihre Kräfte in der Regel ein, um zu helfen, nicht um zu unterhalten.

Allerdings las ich kürzlich das Tagebuch eines Arztes namens John Elliotson. Er nutzte den Mesmerismus, um Kranke zu behandeln. Er war überzeugt, die innere magische Kraft eines jeden Menschen könne Tumore und Knochenbrüche heilen helfen. Vielleicht existiert sie ja doch?

Der magische Zirkel

Seit Jahren kommen mir immer wieder Gerüchte über einen Club zu Ohren, in dem sich Zauberer treffen, die die Geheimnisse der Magie hüten: The Magic Circle – der Magische Zirkel. Er wurde 1905 gegründet und ist bis heute äußerst exklusiv. Nur selten wird ein neues Mitglied aufgenommen, und nie wird außerhalb des Kreises über das geteilte Wissen gesprochen. Das Motto lautet „indocilis privata loqui“, was so viel bedeutet wie: „Man ist nicht willens, Geheimnisse preiszugeben.“ Was dort hinter verschlossenen Türen geschieht, bleibt also mysteriös. Vielleicht lassen sie mich ja eines Tages zu Forschungszwecken hinein …

VERSCHIEDENE ARTEN VON MAGIE

Es gibt so viele verschiedene Arten von Magie, dass man leicht den Überblick verlieren kann. Auf den folgenden Seiten habe ich mich bemüht, meinen Kenntnisstand zusammenzufassen.

Lithomantie

Die Lithomantie ist eine Variante der Wahrsagerei mit Edelsteinen, in die faszinierende kleine Symbole eingemeißelt sind. Runensteine wurden erstmals um das 9. Jahrhundert von einem griechischen Christen namens Photios erwähnt.
Er beschrieb, dass Ärzte diese Steine für spezielle Rituale verwendeten. Bislang konnte ich noch nicht herausfinden, worum es sich bei diesen Ritualen genau handelte. Aber ich schaue aus meinem Fenster und sehe überall Steine – ob sie wohl magische Kräfte besitzen oder bloß einfache Kiesel sind?

Wahrsagerei

Wahrsager besitzen die magische Gabe, in die Zukunft zu schauen. Neben einer natürlichen Begabung erfordert diese Kunst lebenslanges Studium. Gute Wahrsager sind schwer zu finden! Manche sehen die persönliche Zukunft voraus, andere können Weltereignisse vorhersagen. Manche lesen in den Sternen, andere erkennen zukünftige Ereignisse in einer Kristallkugel. Wieder andere beherrschen die Kunst des Kartenlegens, manche mit Tarotkarten. Mithilfe von Wahrsagerei findest du heraus, ob und wann dich dein schlimmster Feind angreifen wird, wann dein erstes Kind zur Welt kommen wird oder wann du am besten deine Wäsche aufhängst – ein unschätzbarer Rat für alle, die in Gegenden leben, wo es oft regnet.

Wie sehen Seher?

Wahrsager, die sich der Lithomantie bedienen, werden auch „Seher" genannt. Ihre Steine sind für ihr Handwerk unerlässlich. Jeder Seher besitzt seine ganz speziellen Runensteine.
Es sind stets dreizehn Stück. Um die Zukunft aus ihnen zu lesen, wirft der Seher sie in die Luft: Wenn sie auf dem Boden landen, bilden sie ein einzigartiges Muster, das nur der Seher, dem sie gehören, deuten kann.
Jeder Seher und jede Seherin liest die Steine auf seine oder ihre Weise, also sei nicht überrascht, wenn du abweichende Ergebnisse erhältst.

ABE NO SEIMEI

Im japanischen Kyoto stieß ich auf die Notizbücher von Abe no Seimei, der im Jahr 921 zur Welt kam und ein fantastischer Onmyōji war. Er studierte die Sterne und Planeten und beriet Kaiser und Regierungen, wann sie wichtige Entscheidungen fällen sollten. Für seine gute Arbeit wurde er hoch geachtet, und er führte ein langes und gesundes Leben. Ich hoffe, etwas von seinem Glück ist auf mich übergegangen, einfach indem ich seine Aufzeichnungen in Händen hielt.

Onmyōji („Meister des Weges") sind japanische Wahrsager, die im Dienste ihres Landes die Sterne deuten und die Zukunft vorhersagen. Sie sind so hoch angesehen, dass sie vor allem Adligen ihr Schicksal voraussagen. Und sie können Geister beschwören, die man „Shikigami" nennt.

Frag die Knochen!

In China wandte man früher eine uralte Wahrsagemethode an: Fragen an die Zukunft ritzte man in Tierknochen, die man als „Orakelknochen" oder „Drachenknochen" bezeichnete. (Es waren nicht wirklich die Knochen eines Drachen – sehr zu meinem Bedauern!) Daraufhin wurden sie erhitzt, und geschickte Seher lasen die Antworten aus den Rissen, die dabei entstanden.

Die Fragen konnten sich auf den besten Zeitpunkt für die Aussaat von Pflanzen oder die Behandlung einer Krankheit beziehen.

Ich habe einen Hinweis erhalten, dass es in New York City einen Orakelknochen gibt. Ich kann es kaum erwarten, ihn zu untersuchen – er soll eine Sonnenfinsternis vorausgesagt haben, die sich am 27. Dezember 1192 v. Chr. ereignete. Kaum zu glauben!

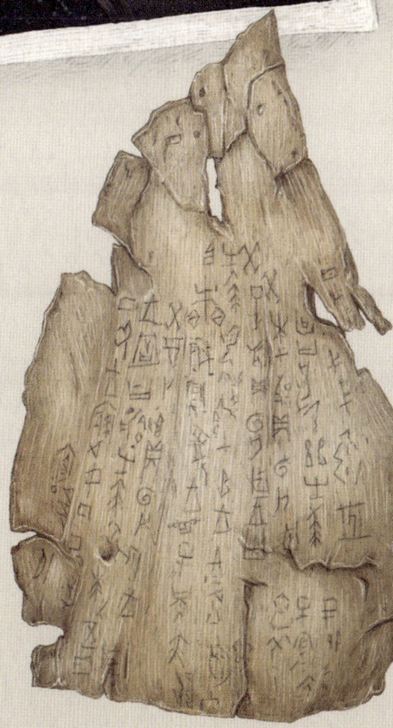

Kartenlegen und Tarot

Kartenlegen ist das Wahrsagen mithilfe eines Kartenspiels. Tarot ist die Kunst, die Zukunft mit einem ganz speziellen Kartenset vorherzusagen. Jede Karte hat eine feste Bedeutung, die sich ändern kann, wenn sie verkehrt herum ausgelegt wird. Die Magie des Tarots ist zu komplex, als dass ein Ahnungsloser wie ich sie durchschauen könnte. Ich musste mir also die Karten legen lassen!

Ich hörte von einer Roma im walisischen Ort Barry, die sich auf Tarot verstand. Als ich eintraf, wusste sie bereits, dass ich kommen würde – sie saß schon da und wartete auf mich ... Was sie in den Karten sah, habe ich hier notiert.

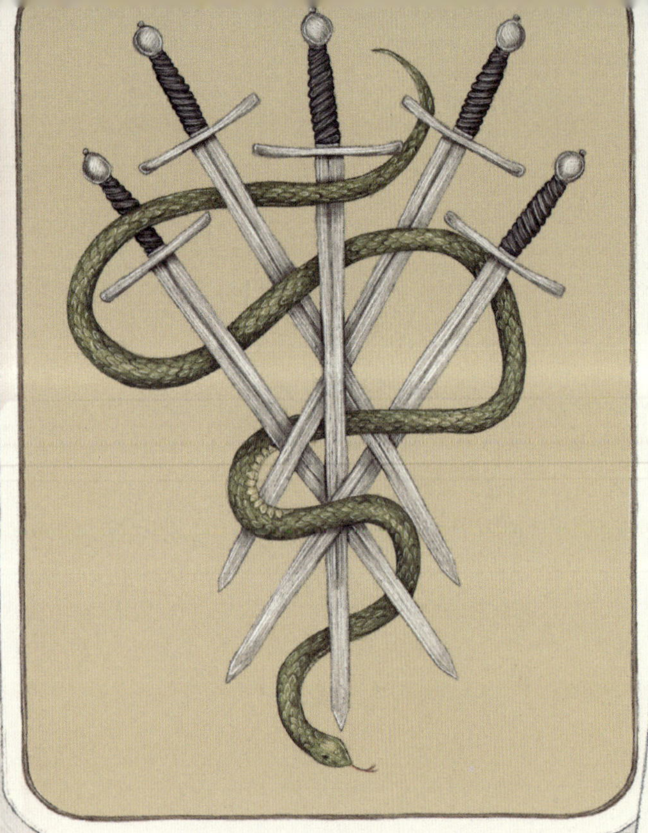

DIE FÜNF DER SCHWERTER
Eine Karte der Warnung – wovor sie mich warnt, kann ich mir vorstellen: Meine Reisen, Begegnungen und Entdeckungen sind voller Gefahren. Ich muss vorsichtig sein!

DIE LIEBENDEN
Wird diese Karte umgekehrt gelegt, wendet sich ihre Bedeutung ins Gegenteil. Die Kartenlegerin sagte mir, dass ich meine Reise allein bestreiten muss. Wie, wenn nicht durch Magie, konnte sie ahnen, dass ich entschlossen war, meine Suche nach der Magie ohne Hilfe zu unternehmen?

DIE HOHEPRIESTERIN
Diese Karte steht für das Geheimnis. Sofort lief es mir kalt den Rücken herunter – meine Suche nach der Magie ist ja durchzogen von Geheimnissen!

DER MAGIER
Diese Karte symbolisiert Macht. Die Wahrsagerin sagte mir, sie bedeute, ich hätte die Macht, meine Wünsche zu erfüllen – heißt das, ich bin drauf und dran, meine Forschungen abzuschließen? So vieles ist noch unklar ...

DIE STÄRKE
Diese Karte steht für Mut und für den Willen, immer weiterzumachen. Ich war erleichtert. Das konnte ich gut gebrauchen!

DER TEUFEL

Keine Angst, sagte sie mir: Diese Karte steht nicht für den Tod, sondern für Kontrollverlust. Es stimmt, bei vielen meiner Reisen geriet einiges außer Kontrolle. Die Kraft der Magie ist unvorhersehbar, man darf nicht leichtfertig mit ihr umgehen.

DAS RAD DES SCHICKSALS

Glück, flüsterte sie. Du wirst diese Karte brauchen, denn was du suchst, ist mit Gefahren verbunden. Genau das hat sie gesagt – wie konnte sie das wissen?

DIE GERECHTIGKEIT

Sie sagte, ich sei auf einer Reise zur Wahrheit. Das stimmt: Ich suche nach der Wahrheit über die Welt der Magie!

DER TOD

Mir wurde angst und bange, aber das war nicht nötig: Die Karte steht für Veränderung. Sie sagte mir, ich solle sofort aufbrechen und weiterziehen.

DER STERN

Diese Karte legte sie verkehrt herum auf den Tisch. Das bedeutet: Ich soll mich vor Arroganz hüten! Das werde ich beherzigen und mich nicht zu sehr auf das verlassen, was ich bereits über Magie zu wissen glaube.

Die Wahrsagerin warnte mich vor dieser Karte: „Der Narr" kehrt die Bedeutung aller anderen Karten ins Gegenteil. Das Gute wird schlecht, das Schlechte gut. Zum Glück hat sie sie nicht gelegt. Ihre Deutung der Karten war eindeutig und erstaunlich genau.

VERSCHIEDENE ARTEN VON MAGIE

Astrologie

Astrologen schauen mitternachts in den Sternenhimmel, um die Zukunft vorauszusagen – menschliches Verhalten und andere Ereignisse.

Sie erforschen, wie die Magie der Planeten auf die Erde einwirkt. Astrologen können mithilfe des Geburtsdatums berechnen, in welcher Konstellation die Planeten zu diesem Zeitpunkt standen und wie ihre magische Energie das Leben einer Person beeinflusst. Dazu verwenden sie zwölf Tierkreiszeichen oder „Sternzeichen“. Das eigene Sternzeichen kann man nicht ändern! Das klingt einfacher, als es ist: Wer im Tierkreiszeichen Krebs zur Welt gekommen ist, als Venus am Himmel stand, hat einen ganz anderen Lebensweg als ein Krebs, der unter Pluto geboren wurde. Astrologen können auch deuten, wie die Energie der Planeten das Weltgeschehen beeinflusst. Erstrahlt zum Beispiel Mars, der Planet des Krieges, steht vielleicht ein Konflikt bevor.

Astrologie und Wetter

Astrologen können das Wetter vorhersagen, indem sie die Bewegung der Planeten auf ihrer Umlaufbahn um die Sonne verfolgen. Ihr unglaubliches Wissen über die Gestirne unterscheidet sie von Amateuren wie mir.
Bei meinen Recherchen entdeckte ich in einer Bibliothek in Florenz in Italien dieses Tagebuch eines Astrologen:

Februar 1602

Die Zeichen des Tierkreises sind nur dann magisch wirksam, wenn sie mit einem herrschenden Planeten verbunden sind. Betrachtet man diese Verbindungen, kann man das Wetter vorhersagen.

Ich sehe auf der Karte, dass wir uns im Zeichen der Fische befinden. Als Nächstes schaue ich gen Himmel. Durch mein Teleskop erkenne ich, dass sich Neptun in der Mitte der Umlaufbahn befindet. Als heller Punkt am Himmel ist er in diesem Moment der höchste und damit der dominierende Planet. Die Kombination aus Fischen und Neptun sagt mir, dass es diese Woche kalt, neblig und nass sein wird.

Der Weg der Planeten um die Sonne beeinflusst unser Leben auf der Erde, ob wir darum wissen oder nicht. Ihre Bahnen sind komplex und man muss viele Berechnungen anstellen und stundenlang den Nachthimmel beobachten, um sie zu verstehen.

Astronomen benutzen Teleskope, Modelle des Sonnensystems und astronomische Uhren, um die Planeten zu beobachten. Astronomische Uhren sind äußerst clevere Geräte. Sie zeigen nicht nur die Zeit an, sondern haben auch ein Ziffernblatt für jeden Planeten, das verrät, wann er am prominentesten ist. Manche zeigen die Mondphasen an, andere enthalten ganze Sternkarten.

Merkur
Venus
Erde
Mars
Jupiter
Saturn
Uranus
Neptun

NOSTRADAMUS

Michel de Nostredame, besser bekannt als Nostradamus, war ein Astrologe, der mittels Deutung der Sterne und Planeten künftige Ereignisse vorhersagte. Im 16. Jahrhundert schrieb er das Buch „Die Prophezeiungen“. Es enthält mehr als 500 Seiten mit Vorhersagen über wichtige Weltereignisse, von denen einige bereits eingetreten sind: die Französische Revolution, der Große Brand von London und die Entdeckung des Penicillins. Welche Prophezeiungen werden sich wohl noch bewahrheiten? Würde ich seine Fähigkeiten besitzen, könnte ich in die Zukunft schauen, um Pferdewetten zu gewinnen. Dann könnte ich in Luxushotels absteigen!

DER TIERKREIS

Astrologen haben das Jahr in zwölf Tierkreiszeichen eingeteilt, die von der Konstellation der Planeten beherrscht werden. Für einen Astrologen ist es von großer Bedeutung, in welcher Anordnung die Sterne standen, als man geboren wurde. Mein Sternzeichen ist Wassermann. Das bedeutet: Ich bin ein kluger Mensch und werde ein interessantes Leben führen. Zumindest eines von beidem ist wahr ...

Zwillinge
Krebs
Löwe
Jungfrau
Waage
Skorpion
Schütze
Steinbock
Fische

VERSCHIEDENE ARTEN VON MAGIE

zahlenmystik

Es gibt eine Form der Magie, die nur mit Zahlen arbeitet: die Numerologie.

Zahlen sind großartige Werkzeuge: Architekten nutzen sie, um Häuser zu bauen, Wissenschaftler führen mit ihrer Hilfe Experimente durch. Aber sie können noch viel mehr! Mit der Numerologie kann man seine persönliche Zukunft und das Weltgeschehen vorhersagen. Manchmal verbirgt sich die Magie in den alltäglichsten Dingen!

die sprache der zahlen

Der Philosoph Pythagoras gilt als erster Numerologe. Er glaubte, mit Zahlen die ganze Welt und das Verhalten der Menschen erklären zu können. Dafür wies er den Zahlen von 1 bis 9 je eine Bedeutung zu: Stärke, Liebe, Zorn und so weiter. Er übernahm diese Bedeutungen von den Sternen – wie der Zufall es wollte, war er zugleich Astrologe. Jeder Zahl ordnete er außerdem einen oder mehrere Buchstaben zu, die ebenfalls eine bestimmte Bedeutung hatten

1 = a, j, s – Liebe 2 = b, k, t – Mut
3 = c, l, u – Beharrlichkeit 4 = d, m, r – Gerechtigkeit
5 = e, n, w – Gleichheit 6 = f, o, x – Freude
7 = g, p, y – Rechtschaffenheit 8 = h, g, z – Glück
9 = i, r – Stärke

Wenn ich es richtig verstehe, nimmt man dann einen Namen wie zum Beispiel Frank Theodor Schmidt. Jeder Buchstabe von Herrn Schmidts Namen entspricht einer Zahl. Zählt man alle Zahlen zusammen, erhält man:

Frank = 23, Theodor = 40, Schmidt = 31: Gesamtzahl = 94

Jetzt kommt der knifflige Part: Man muss so oft die Quersumme der Zahlen bilden, bis man eine einstellige Ziffer erhält.

9 + 4 = 13

1 + 3 = 4

Herrn Schmidts Zahl ist 4, somit gilt sein größtes Streben der Gerechtigkeit.

(Un)Glückszahlen?

Gibt es wirklich Zahlen, in denen Glück oder Unglück steckt? Wenn jemand beschließt, dass ihm eine bestimmte Zahl Glück oder Unglück bringt, hat sie allein dadurch eine gewisse Macht über ihn. Für mich war die 9 seit jeher eine Unglückszahl! Aber könnte mehr dahinterstecken?

Auf dieser Seite findest du einige bedeutsame Zahlen, die mir auf meinen Reisen begegnet sind.

Die 4 gilt in China als Unglückszahl. Das Wort für 4 (sì) steckt nämlich auch im Wort für „Tod" (sǐwáng). Manche Hotels haben daher keine 4. Etage, manche Straßen keine Hausnummer 4.

Das chinesische Wort für 8 (bā) reimt sich auf das Wort für „Wohlstand" (fā), und die Zahl 88 ähnelt in dieser Sprache dem Schriftzeichen für „Freude". Meine Hausnummer ist 88. Ob mir das Glück bringen wird? Eher nicht, letzte Woche ist ein Teil des Dachs eingestürzt.

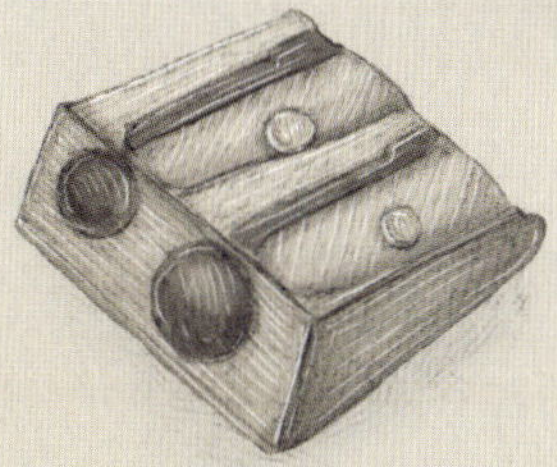

Die 39 gilt in Afghanistan als Unglückszahl. Im Dari-Dialekt klingt das Wort für 39 wie „tote Kuh". Das kann nichts Gutes heißen.

Die 13 ist in vielen Ländern die Unglückszahl schlechthin. Viele Wolkenkratzer haben kein 13. Stockwerk. Ich glaube, das hängt mit dem Mond zusammen. In manchen Jahren gibt es nicht 12, sondern 13 Vollmonde. In diesem Fall scheint die Dunkelheit das Licht zu verdrängen – das bringt sicherlich kein Glück.

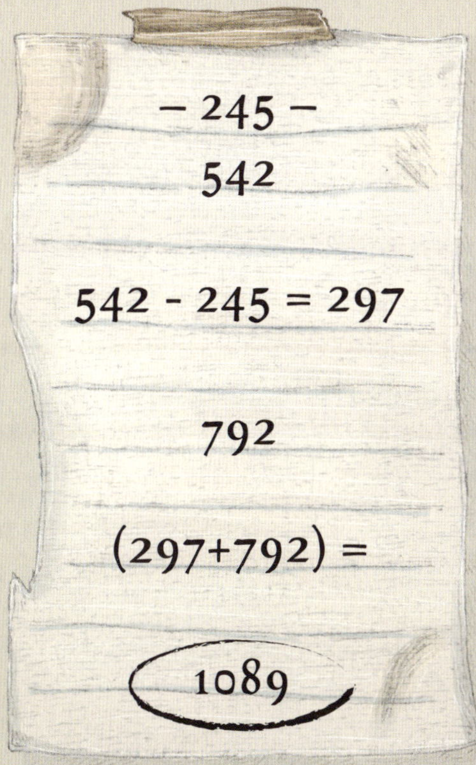

Für mich ist 1089 eine mystische Zahl. Ob sie wirklich magisch ist – darüber kann man streiten.

Aber sieh selbst:

Wähle eine beliebige dreistellige Zahl, z. B. 245.
Drehe dann die Ziffern um (also 542). Als Nächstes ziehst du die kleinere der beiden Zahlen von der größeren ab: 542 – 245 = 297. Danach drehst du die Zahl noch einmal um: Das ergibt 792.
Zum Schluss addierst du diese Zahl zu der Zahl aus der ersten Subtraktion: 297 + 792.

Egal, mit welcher Zahl du anfängst, es kommt immer 1089 heraus! Magie oder nur ein mathematischer Trick? Ich weiß es nicht.

Zaubersprüche

Zaubersprüche oder Beschwörungsformeln sind Sätze oder Worte, die laut gesprochen oder gesungen werden. Viele glauben, ihr Ursprung liege in Gebeten.

Das Buch der magischen Zauber

Ich besitze ein Exemplar dieses Buchs, das im 17. Jahrhundert in England verfasst wurde. Die Seiten sind von oben bis unten mit kleinen schwarzen Buchstaben übersät. Es enthält alles, was man sich an Zaubern vorstellen kann, von medizinischen Formeln bis hin zu Beschwörungen der Sterne. Mein Lieblingszauber ist der gegen Zahnschmerzen. Aber es gibt auch unheimlichere Kapitel: Als ich einen Zauberspruch zur Geisterbeschwörung las, schauderte ich. Ich spürte, wie die Schatten im Raum länger wurden.

Angelsächsische Zaubersprüche

Zaubersprüche zählen zu den ältesten schriftlichen Spuren der Angelsachsen in England. Sie lebten ein anderes Leben als wir, für sie waren ganz andere Dinge wichtig. Aber auch ich habe Angst vor Bienen, deshalb mag ich den fünften Zauberspruch besonders.

FÜR EINE SPÄTE GEBURT
Verhindert, dass ein Kind zu früh auf die Welt kommt

NEUN-KRÄUTER-ZAUBER
Heilt Krankheiten. Für diesen Zauber benötigt man neun Kräuter: Beifuß, Wegwarte, Brennnessel, Hahnensporn, Holzapfel, Thymian, Fenchel, Wegerich und Brunnenkresse.

Man zerstoße die Kräuter, mische sie mit Seife und Apfeldreck, füge Wasser und Asche bei, gebe Fenchel und Wolle hinzu, bade die Paste in verquirlten Eiern und mache daraus eine Salbe. Den Zauberspruch spreche man über alle Kräuter – dreimal, bevor man die Salbe herstellt, einmal über den Äpfeln – und singe ihn dem Patienten ins Ohr und in die Wunde, bevor man die Salbe aufträgt.

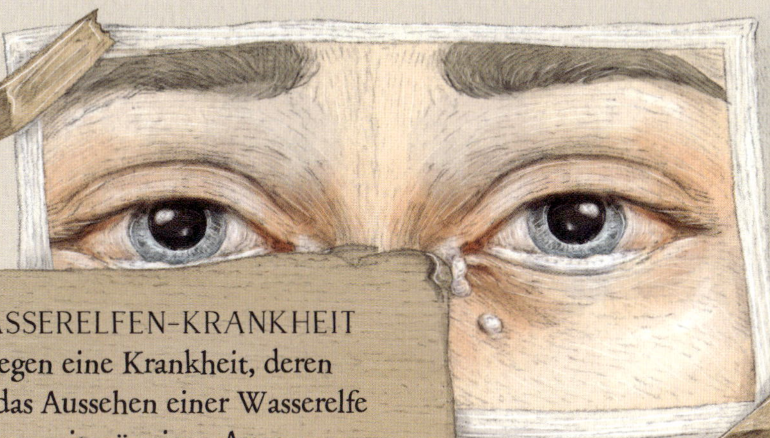

GEGEN DIE WASSERELFEN-KRANKHEIT
Ein Heilsegen gegen eine Krankheit, deren Symptome einem das Aussehen einer Wasserelfe verleihen – blass mit wässrigen Augen

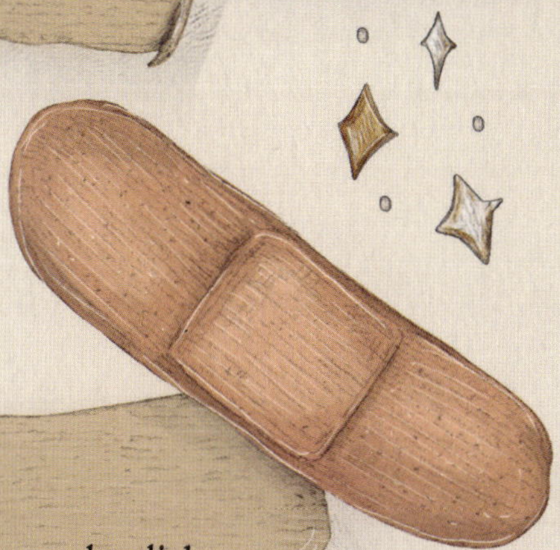

WIÐ FÆRSTICE
Der Name bedeutet „Heilung bei einem plötzlichen Stich“. Ein Zauber, der Schmerzen heilt

Man findet einige Zaubersprüche gegen Verlust von Vieh. Das Vieh war sehr wichtig, man wollte es mit Magie schützen!

Nicht nur in England wurden solche Zauberformeln aufgeschrieben. Es gibt mehrere Zauberbücher aus Skandinavien und Island, die „Svarteboken“ („Schwarzes Buch“) heißen. Sie enthalten Zaubersprüche für alle möglichen Dinge, zum Beispiel um den Haushalt zu schützen oder mit den Toten zu sprechen.

Weise Weikzas

Weikzas oder Weizzas sind buddhistische Zauberer. Ich habe eine Woche lang mit einigen von ihnen in einem wunderschönen Tempel im Dschungel in Nordindien verbracht. Als ich ankam, glaubte ich, einen Weikza über dem Boden schweben zu sehen, aber vielleicht war es nur die Hitze, die mich täuschte. Weikzas verfügen über ein umfassendes Wissen, sie erteilen Ratschläge zu Medizin und Alchemie und sagen die Zukunft voraus. Manche Weikzas verbringen 40 Jahre mit ihrem Studium.

Wettermacher

Das Wetter kontrollieren? So etwas habe ich immer für unmöglich gehalten. Bis ich die Tagebücher des Seefahrers Dietrich Pining las ...

Laut seinen Aufzeichnungen konnten Piraten den Wind herbeirufen oder vertreiben, Stürme heraufbeschwören, um Angreifer abzuwehren, und nach Belieben die Sonne scheinen lassen, um sie über das Meer zu leiten. Aufzeichnungen zeigen, dass sich manche Häfen weigerten, Schiffe aus dem Norden anlegen zu lassen, weil sie befürchteten, es könnten Piraten mit Macht über das Wetter sein.

Im Jahre unseres Herrn 1478, Tag 47 auf See

Wir hatten kaum noch Nahrung und Frischwasser, und der O'Leary-Klan war uns dicht auf den Fersen. Hohe Wellen warfen unser Schiff von einer Seite zur anderen, der anhaltende Sturm verwirrte unseren Kurs. Zudem regnete es, und Nebel legte sich über die See. Doch dann kletterte ein Schiffsjunge die Takelage hinauf. Er war schnell, wie von den Göttern gepeitscht, und als er oben ankam, pfiff er. Nie zuvor habe ich solch eine süße Melodie vernommen. Plötzlich legte sich der Wind, und auf sein Kommando trieb er uns sanft voran. Ich war Zeuge der Windmagie!
Natürlich hatte ich schon von ihr gehört, aber erlebt hatte ich sie noch nicht. Fassungslos wurde ich gewahr, wie die anderen Männer in die Melodie des Knaben einstimmten. Der Himmel öffnete sich, die Wolken verschwanden und der Regen versiegte. Während ich dies schreibe, ist am Horizont bereits Land in Sicht und wir haben unsere Feinde abgehängt. Und das alles dank eines Knaben, der zaubern kann.

Dietrich Pining

Elmsfeuer

Auf einer meiner vielen Reisen über die raue See fand ich mich an Bord eines Piratenschiffs wieder. Ich hatte sie überredet, mich nach Island mitzunehmen. Als ich zum Himmel hinaufblickte, sah ich einen glühenden Lichtball über dem Mast schweben. Erschrocken sprang ich auf, aber die Piraten lachten nur. „Das ist das Elmsfeuer“, sagten sie. „Das heißt: Wir werden eine sichere Überfahrt haben.“ Beim Essen am Abend erfuhr ich, dass es sich dabei um Sonnenmagie handelt – ein seltenes Geschenk, das nicht vielen Seeräubern auf ihren Reisen zuteilwird. Ich habe das Licht nie wieder gesehen, aber ich werde es nie vergessen.

Wetterberichte von Piraten

Dokumente von Piratenschiffen sind selten, da Seeräuber in der Regel nicht lesen und schreiben konnten. Deshalb kann ich nur wiedergeben, was ich in verschiedenen Hafenstädten gehört habe.

Günstige Winde herbeirufen: Piraten glauben, mit Pfeifen günstige Winde heraufbeschwören zu können, nachdem sie ein Messer in ein Segel gesteckt haben. Allgemein soll Pfeifen den Wind anregen.

Mieze ahoi! Wenn es einer Katze gelingt, an Bord eines Schiffes zu klettern, bringt das Glück. Aber wenn die Katze über Bord geht oder ins Meer geworfen wird, ist das ein schlechtes Omen und sorgt für Unwetter.

Neptun bezahlen: Piraten werfen Münzen ins Meer, um den Meeresgott Neptun zu besänftigen. Sobald man ihn bezahlt hat, sorgt Neptun dafür, dass die See ruhig bleibt.

VERSCHIEDENE ARTEN VON MAGIE

alchemie

Ich habe im Laufe meines Lebens mehrere Alchemisten kennengelernt – allesamt brillante Hexen und Zauberer.

Alchemisten verfügen über die erstaunliche Fähigkeit, eine Substanz in eine andere zu verwandeln. Ich bin Alchemisten im Nahen Osten begegnet, die feste Gegenstände in Luft auflösen konnten, und Alchemisten in Ostasien, die mit Schwarzpulver Explosionen auslösten. Ein anderer konnte jedes beliebige Metall in Gold verwandeln.

Es gibt sogar Gerüchte, dass es Alchemisten gelungen ist, eine Substanz herzustellen, die Unsterblichkeit verleiht! Man nennt sie den Stein der Weisen.

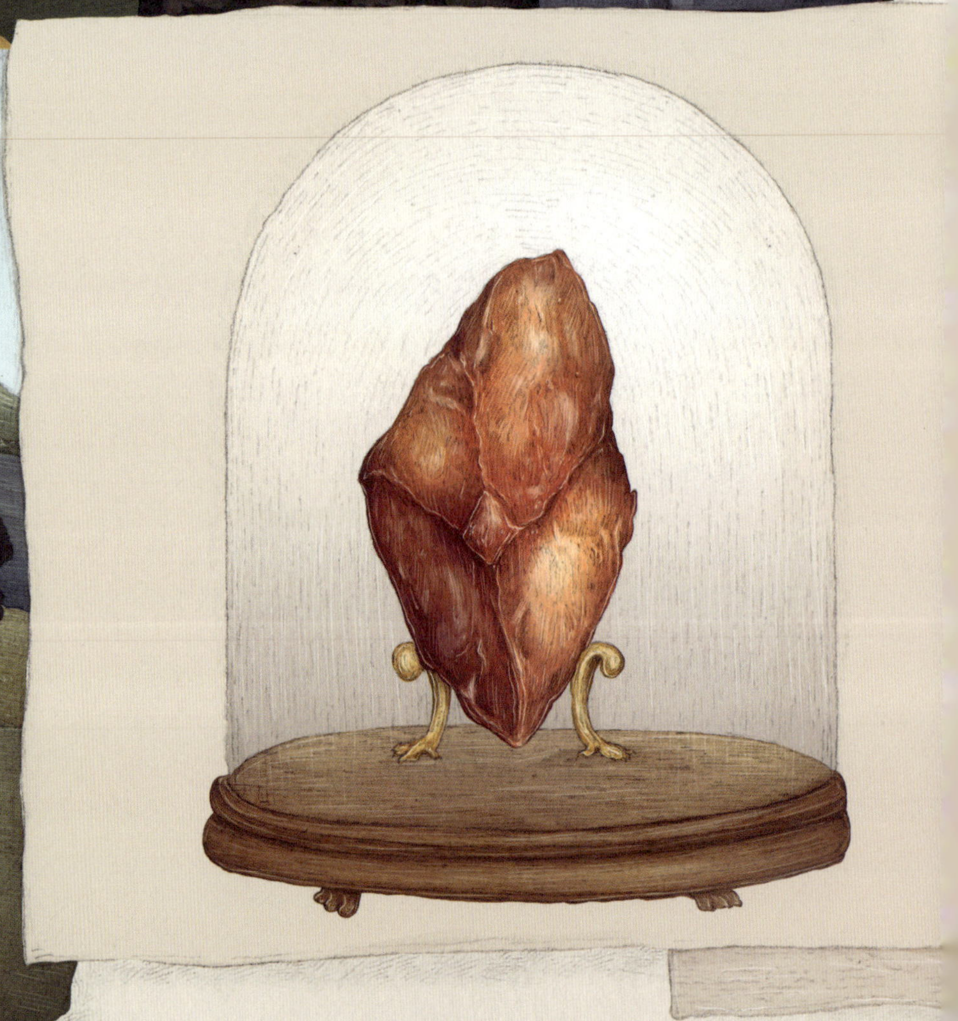

Gold oder Silber?

Wenige besonders geschickte Alchemisten können Metalle in Gold oder Silber verwandeln. Wie ihnen das gelingt, ist ein streng gehütetes Geheimnis. Ich habe jedoch herausgefunden, dass vier Phasen der Verwandlung nötig sind:

Nigredo, die Schwärzung — Albedo, die Weißung — Citrinitas, die Gelbfärbung — Rubedo, die Rotfärbung

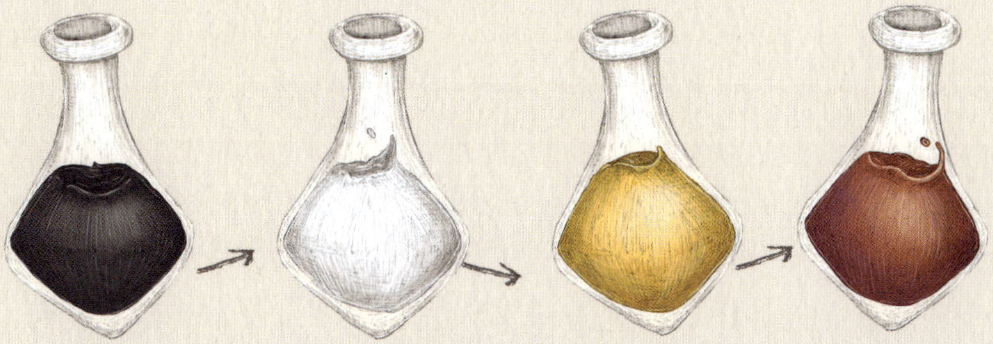

Wenn ein Alchemist seine Magie auf ein Metall anwendet und das flüssige Metall jede dieser vier Farben angenommen hat, weiß er, dass die Transformation abgeschlossen ist.

Der Stein der Weisen

Dieser Stein erlaubt seinem Besitzer, ein Elixier herzustellen, das Unsterblichkeit verleiht, und verwandelt billiges Metall in Gold.

Dem Alchemisten Nicolas Flamel ist es im 15. Jahrhundert in Paris gelungen, einen solchen Stein zu entwickeln, der später leider verloren ging. Ich habe schon weite Reisen auf der Suche nach ihm zurückgelegt, aber gefunden habe ich ihn nicht. Dabei wünsche ich ihn mir unbedingt – dann hätte ich Zeit genug, meine Forschungen abzuschließen. Ich sollte nach Paris reisen, um Flamels Spur aufzunehmen!

ABĀ MŪSĀ DSCHĀBIR IBN HAYYĀN

In der sonnenverwöhnten Stadt Dubai lebte einer der größten Alchemisten aller Zeiten: Abū Mūsā Dschābir ibn Hayyān. Er war ein reicher und kluger Mann, in dessen Labor viele magische Verwandlungen stattfanden. Stets vernahm man dort erstaunliche Geräusche, Gerüche, ja sogar Explosionen. Ein wenig wie bei mir zu Hause, vor allem wenn ich mal wieder einen Apfelkuchen im Ofen vergessen habe. Einmal ist es mir sogar gelungen, einen Pfannkuchen an die Decke zu werfen, der dort kleben blieb – eine beeindruckende Leistung, aber leider keine, die mich zum Alchemisten macht.

VERSCHIEDENE ARTEN VON MAGIE

Zaubertränke

Ein Zaubertrank ist eine Flüssigkeit mit magischer Wirkung. Manche Tränke können einen von unerträglichen Schmerzen erlösen, andere helfen in der Not, wieder andere sind tödlich. Vielleicht gibt es sogar einen, der unbesiegbar macht?

Um einen Zaubertrank herzustellen, benötigt man enormes Können und Wissen, wie es nur wenige Menschen besitzen. Einfach nur ein paar Zutaten in einen Topf zu werfen, reicht nicht. Es ist eine große Kunst. Man muss genau zur richtigen Zeit sorgfältig ausgewählte und abgemessene Zutaten vermischen.

Mir graut es davor, dass viele Menschen glauben, einen Zaubertrank zu brauen sei so einfach wie einen Kuchen zu backen oder Tee zu kochen.

Direkt vor deiner Tür

Im mittelalterlichen Europa wurden Tränke aus abenteuerlichen Substanzen hergestellt – Schneckenschleim, Ohrenschmalz und sogar Kot! Die Zutaten für Zaubertränke stammen stets aus der Natur. Einige von ihnen sind selten und schwer zu finden, aber andere wachsen direkt in deinem Garten – ist das nicht aufregend? Auf diesen Seiten findest du eine Sammlung von Zutaten, auf die ich bei meiner Suche nach Zaubertrank-Rezepten gestoßen bin.

Bezoarsteine

Ein Bezoar ist kein gewöhnlicher Stein, sondern ein Klumpen aus unverdauten Pflanzenfasern, der sich im Magen von Tieren wie Ziegen, Kühen und sogar Elefanten bildet. „Bezoar“ bedeutet „Gegengift“ – diese Steine sollen also vor allen Giften schützen. Ich trage einen bei mir, für den Fall, dass jemand mein Essen vergiften sollte.

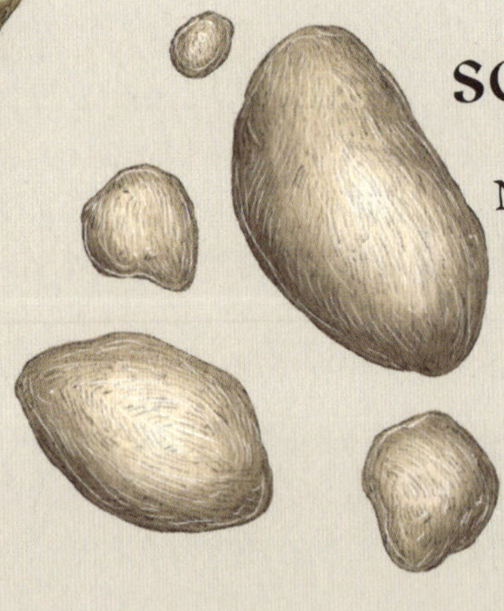

Schlangensteine

Nimm einen kleinen Tierknochen, nicht größer als einen Daumen, und reibe ihn, bis er glatt ist. Lege ihn in eine Flüssigkeit und tauche dein verletztes Körperteil hinein. Es wird eine Weile dauern, aber der Stein zieht das Gift aus der Wunde.

molchauge

Dies ist eine häufige Zaubertrank-Zutat. Gemeint sind damit aber nicht wirklich Augen, sondern Senfkörner! Man verwendet sie in Tränken, die Verwirrung stiften sollen. Als Öl lindern sie Erkältungen.

einhorn-horn

Das Horn des Einhorns ist eine der seltensten und teuersten Zutaten überhaupt. Zu viel davon kann einen Trank giftig machen, aber genau die richtige Menge befähigt zur Verwandlung.

Das Horn eines Narwals ist eine gute Alternative. Es ist nicht ganz so magisch, aber dafür viel leichter zu finden.

apotheken

Man bekommt fast alle Zutaten für Zaubertränke in der Apotheke. Im Osten Londons gibt es eine entzückende kleine Filiale, die 1817 von James Parkinson gegründet wurde und die neben Heilkräutern auch speziell Zutaten für Zaubertränke anbietet.

Ein Apotheker verfügt über jede Menge Wissen – er ist Zaubertrankmeister, Forscher und Arzt in einer Person.

Ich befinde mich gerade im Süden Frankreichs in den Ruinen eines alten verlassenen Klosters. Hier haust Giulia Tofana. Sie ist hierher geflohen, nachdem sie wegen des Anmischens von Zaubertränken verhaftet wurde. Ich möchte gerne von ihr lernen.

Zutaten:
2 Flügel eines hübschen Nachtfalters,
2 Flügel eines Schmetterlings,
vorzugsweise weißes Wachs
von einer roten Kerze,

1 Klaue eines Wolfs,
3 Holunderbeeren,
1 Eschenzweig

Giulia gab die Zutaten eine nach der anderen in einen kleinen Kupferkessel mit geschwärztem Rand. Sie tat sie sehr behutsam hinein, bei einigen flüsterte sie etwas. Während der Zaubertrank köchelte, erhoben sich bunte Schleier in die Luft: weiß, lila, smaragdgrün und schließlich orange.

Ich trank den Zaubertrank und staunte: Überall erblickte ich magische Wesen. Feen tanzten um mich herum, Kobolde saßen in den Bäumen, in den Schatten wuselten Trolle. Jetzt, wo ich hier sitze und schreibe, bin ich ziemlich erschöpft. Ich werde heute Nacht sicher gut schlafen, im Morgengrauen breche ich auf. Ich habe einen Zaubertrank erlebt, ich habe eine Meisterin bei der Arbeit gesehen!

DIE ZAUBERTRÄNKE DER JUSUFZAI-HEXEN

In Afghanistan war ich Zeuge, wie eine Jusufzai-Hexe einen Mann badete. Anschließend füllte sie das Badewasser in Flaschen und verkaufte es an unvermählte Frauen, die es in den Tee ihres Angebeteten schütten sollten.

QUELLEN DER MAGIE

Woher rühren die magischen Kräfte der Natur? Auf der Suche nach Antworten habe ich mich mit Sonne, Mond und den vier Elementen – Erde, Feuer, Luft und Wasser – beschäftigt.

die sonne

Die Sonne besitzt eine mächtige Kraft. Seit die Menschen auf Erden wandeln, verehren sie diesen leuchtenden Feuerball am Himmel. Wir brauchen das Licht der Sonne, um Nahrung anzubauen, und ihre Wärme, um zu überleben.

Die Sonne pulsiert vor magischer Energie. Sie ist so stark, dass sie auf der Erde magnetische Stürme verursachen kann, die zu Stromausfällen führen, bei denen in ganzen Großstädten das Licht ausgeht! Solche Ereignisse mahnen uns, die Kraft der Sonne nie zu unterschätzen. Außerdem verbrennt sie mir oft die Nase – und das bestimmt mit Absicht!

steinkreise

Auf einer Reise durch Schottland habe ich kürzlich einen Steinkreis besucht. In der Mittsommernacht versammelten sich dort Hexen und Zauberer.

Sie fassten einander an den Händen und bildeten einen Kreis innerhalb der Steine. Sie sangen und sangen, bis die Sonne aufging. Eine der Hexen erzählte mir, dieses Ritual beschwöre die magische Energie der Sonne und verhelfe den Singenden für das kommenden Jahr zu besonderen magischen Kräften.

Einige der Hexen und Zauberer trugen Kristalle, um die Kraft der Sonne zu speichern. Andere hatten Kessel mitgebracht und brauten Glücks- und Liebestränke, die durch die Sonnenenergie noch wirksamer wurden. Ich sah, wie sie orangene Blüten in den Zaubertrank gaben – vielleicht hätte ich meine Stiefmütterchen mitbringen sollen?

Im englischen Wiltshire gibt es einen besonders berühmten Steinkreis: Stonehenge. Nächstes Jahr werde ich zu Mittsommer dorthin fahren und mir anschauen, was passiert. Und ich nehme vorsichtshalber meine Blumen mit!

Die Richtung der Sonne

Was wir als „Uhrzeigersinn“ bezeichnen, ist für Magier und Hexen „die Richtung der Sonne“. Sich gegen die Richtung der Sonne zu bewegen, führt geradewegs ins Verderben! Wer gegen den Uhrzeigersinn um Fliegenpilze tanzt, gerät in den Bann von Feen. Um Schwarze Magie zu beschwören, geht man dem Uhrzeigersinn entgegen um die Person, den Gegenstand oder das Haus herum, das man verfluchen will. In Richtung der Sonne zu gehen, verstärkt dagegen positive Magie, zum Beispiel bei gemeinsamen Ritualen oder Tänzen.

Die Sonne in der Astrologie

Die Sonne ist der Mittelpunkt der astrologischen Magie. Sie weilt je einen Monat in jedem der zwölf Tierkreiszeichen.

Heliomantie

Mithilfe der Sonne kann man in die Zukunft schauen! Aus Sonnenstrahlen, die auf den Boden fallen, lassen sich künftige Ereignisse herauslesen. Das nennt man Heliomantie. Hellseherisch begabte Menschen können sich mit geschlossenen Augen in die Sonne stellen und Fragen formulieren. Die Magie der Sonne antwortet ihnen mit Farben und Visionen. Ich werde die Methode ausprobieren, aber nicht ohne Sonnencreme!

Sonnenfinsternis

Bei einer Sonnenfinsternis schiebt sich der Mond zwischen die Sonne und die Erde und hüllt uns in Dunkelheit – ein magischer Moment.

Wenn sich die Sonne verfinstert, feiern Hexen und Zauberer reinigende Rituale. Dabei singen sie Zaubersprüche oder nehmen besondere Tränke zu sich. Und sie legen ihre magischen Werkzeuge draußen auf den Boden, um die ersten Lichtstrahlen nach einer Sonnenfinsternis einzufangen, die mit besonders starker magischer Energie aufgeladen sind.

Übrigens sollte man kurz vor einer Sonnenfinsternis keine Zauber mehr anwenden, denn sobald sich die Sonne verfinstert, wird alle unvollendete Magie wirkungslos.

QUELLEN DER MAGIE

Der Mond

Der Mond ist das Gegenstück zur Sonne, und genau wie sie besitzt er magische Kräfte.

Das Aussehen des Mondes ändert sich jeden Tag. Seine Magie beeinflusst, wie wir schlafen, was wir träumen und wie wir uns fühlen, wenn wir wach sind. Die Phasen des Mondes wirken sich außerdem auf unsere Gesundheit und das Wachstum von Pflanzen aus. Selbst die Frage nach Krieg und Frieden hängt mit dem Mond zusammen.

Magie in Bewegung: Mond- und Sonnenfinsternis

Erstaunliche historische Ereignisse haben sich während der Verdunklung der Gestirne ereignet – ein sicheres Zeichen für Mondmagie! Hier sind drei eindrucksvolle Beispiele von vielen …

585 v. Chr.: Eine Sonnenfinsternis beendet den Krieg der Lyder und Meder (in der heutigen Türkei). Die Kämpfe werden eingestellt, als sich der Mond vor die Sonne schiebt, und nie wieder aufgenommen.

2. August 1133: König Heinrich I. von England wird Zeuge einer totalen Sonnenfinsternis, die als Vorbote seines Todes betrachtet wurde.

4./6. Juli 1917: Im Ersten Weltkrieg gewinnt Lawrence von Arabien während der längsten Mondfinsternis des Jahrhunderts eine Schlacht.

Mondphasen

Die Magie des Mondes beeinflusst uns ständig. Ich habe viel über die wechselnden Phasen des Mondes geforscht. Jede einzelne ist für die Mondmagie äußerst wichtig, trägt ihren eigenen Namen und hat ihre eigene Geschichte.

NEUMOND

Der Neumond steht für Neubeginn: Er eignet sich für Wahrsagerei, Traumzauber, Reinigungsrituale und zum Sammeln von Pflanzen für Tränke und Rituale.

ZUNEHMENDER MOND

Der wachsende Mond nach Neumond symbolisiert Fortschritt. Zaubersprüche, die mit Zukunft und Geld zu tun haben, sind bei zunehmendem Mond besonders wirksam.

VOLLMOND

Die mächtigste Mondphase: Der Vollmond unterstützt jede Form von Magie und manche magischen Geschöpfe fühlen sich in diesen Nächten besonders stark.

ABNEHMENDER MOND

Der schrumpfende Mond nach Vollmond ist die beste Phase, um sich von schlechten Gedanken zu befreien. Und ein guter Zeitpunkt, um aufzuräumen!

DUNKELMOND

In der dunklen Nacht vor Neumond werden Geister und Dämonen aus den Schatten heraufbeschworen. Ich trage in dieser Zeit immer ein schützendes Amulett.

Welcher Vollmond scheint?

Der Vollmond sieht jeden Monat etwas anders aus. Manche Erscheinungsformen sind magischer als andere.

Eichenmond:
Die Wintersonnenwende findet unter diesem Mond statt. Baumgeister, Elfen und Kobolde tanzen in seinem Schein.

Wolfsmond:
Dieser gefürchtete Mond ruft Werwölfe auf den Plan.

Sturm-Mond:
Dieser Mond im Februar ist wichtig für Kräuterkundige. Jetzt säen sie neue Pflanzen und Liebestränke sind sehr gefragt.

Hasenmond:
Dieser Mond hat in China, Südostasien und bei den Ureinwohnern Nordamerikas eine große Bedeutung. Ein Hase oder Kaninchen sorgt als Wächter des Mondes für Sicherheit. Ein guter Zeitpunkt für gefährliche Zaubersprüche und Reisen.

Blutmond:
Manchmal nimmt der Mond im Oktober einen roten Schein an. Dann sollte man vorsichtig sein:
Ein schlechtes Omen!

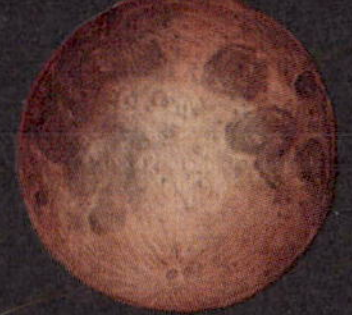

Schneemond:
Im frostigen November erscheint der Mond schneeweiß. Jetzt ist ein guter Zeitpunkt für Wetterhexen, ihr Handwerk auszuüben.

Honigwein-Mond:
Dieser Vollmond scheint im Juli – eine Zeit, in der man sich verzaubern lässt und feiert! In diesem Monat Honigwein zu trinken, bringt Glück und flößt Mut ein.

QUELLEN DER MAGIE

Erde, Feuer, Luft und Wasser

Es gibt vier lebenswichtige Elemente: Erde, Feuer, Luft und Wasser. Sie sind kraftvolle Quellen der Magie, die von der Sonne und vom Mond beherrscht werden, aber auch ihre jeweils eigenen Qualitäten mitbringen.

Mutter Erde

Die Erde versorgt uns mit allen Nährstoffen, die wir brauchen. Sie lässt die Nahrung wachsen, die wir essen, und versorgt Tiere und Pflanzen. Wenn du die schützende und nährende Magie von Mutter Erde spüren willst, zieh die Schuhe aus und lauf durchs Gras!

JAHRESZEIT
Winter – Erdmagie wirkt am besten, wenn es draußen kalt und still ist.

FARBE
Grün – Trage diese Farbe und verwende grüne Pflanzen und Kräuter in deinen Zaubersprüchen.

BESTE TAGESZEIT
Nacht – Erdmagie ist nachts am wirkungsvollsten.

Loderndes Feuer

Feuer ist die gefährlichste Quelle der Magie. Es sollte mit äußerster Vorsicht verwendet werden. Aber Feuer liefert auch die Wärme und das Licht, die wir zum Überleben brauchen, und wie Wasser kann es reinigen.

JAHRESZEIT
Sommer – Wenn die Sonne brennt, ist die Feuermagie am stärksten.

FARBE
Rot – Trage die Farbe der Flammen, die der Feuermagie ihre Kraft geben.

BESTE TAGESZEIT
Mittag – die heißeste Zeit des Tages

Belebende Luft

Luft ist die magische Substanz, die wir atmen. Sie ist überall um uns herum und doch unsichtbar. Luft unterstützt den Geist: Wenn du verwirrt, traurig oder wütend bist, atme tief ein, und schon siehst du wieder klarer.

JAHRESZEIT
Frühling – Eine frische Frühlingsbrise unterstützt die reinigende Luftmagie.

FARBE
Gelb – Gib gelbe Blüten in deine Tränke und iss gelbe Früchte.

BESTE TAGESZEIT
Sonnenaufgang – Steh früh auf, um die Luftmagie der klaren Morgenluft zu spüren.

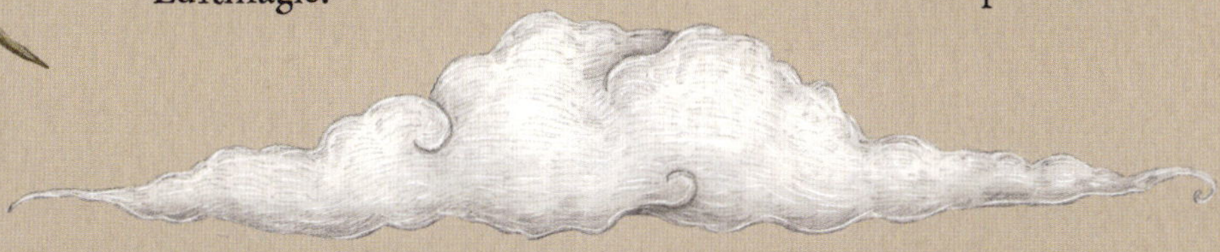

Jedes Element hat eine Tageszeit, eine Jahreszeit und eine Farbe, die seine Magie unterstützt und verstärkt. Zugleich beeinflussen sich alle vier gegenseitig.

Ein Magier sollte all dies beachten, um seine Zauberkraft bestmöglich zu entfalten.

Beruhigendes Wasser

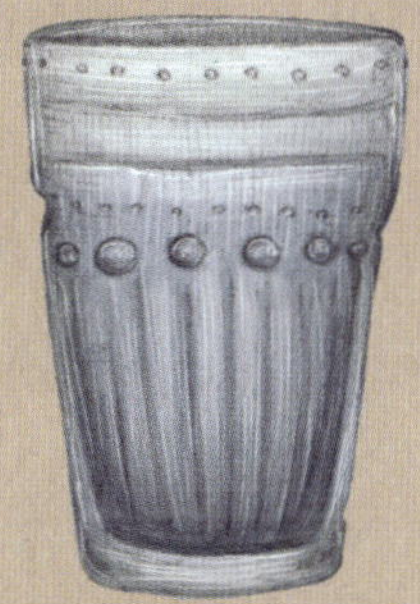

Mit Wasser waschen wir uns, aber es hat auch in der Magie eine reinigende Wirkung. Jedes Mal, wenn du ein Glas Wasser trinkst, fühlst du dich sofort besser, denn es versorgt deinen Körper mit positiver Kraft.

JAHRESZEIT
Herbst – Wenn es draußen nass und windig ist, ist das Wasser in seinem Element.

FARBE
Blau – Trage die Farbe, die das Wasser zu haben scheint.

BESTE TAGESZEIT
Dämmerung – Wenn Tag und Erdboden sich abkühlen, wirkt Wassermagie am stärksten.

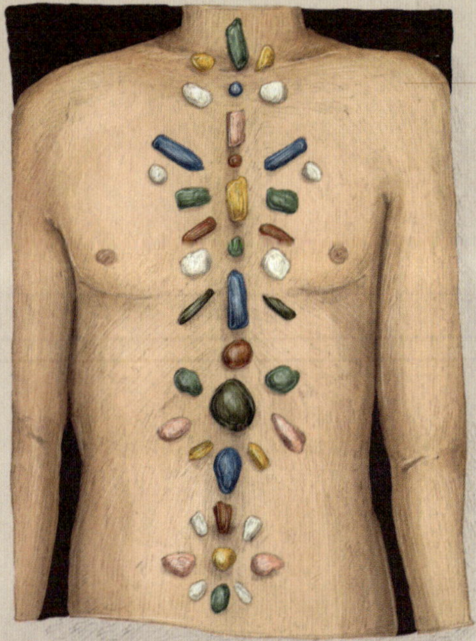

heilung durch kristalle

Legt man Kristalle auf bestimmte Punkte des Körpers, lassen sich außergewöhnliche Ergebnisse erzielen: Mithilfe der magischen Kraft, die im Kristall wohnt, kann ein Heiler Schmerzen lindern und Knochenbrüche heilen. Dazu benötigt der Heilende selbst gar keine Zauberkräfte – Kristalle entfalten ihre Wirkung von allein. Allerdings muss man sich sehr lange mit diesen Steinen beschäftigen, um sie zu verstehen.

QUELLEN DER MAGIE

kristalle

Als ich in Indien über einen Markt schlenderte, sah ich einen Stand mit funkelnden Steinen: Kristalle, schwarz wie die Nacht, gelb wie der Sonnenaufgang, rot wie die Blüten einer Rose. Die Frau, die den Stand betreute, winkte mich heran und verriet mir die magischen Geheimnisse dieser Steine.

verschiedene arten von kristallen

Damit Kristalle ihre magischen Eigenschaften behalten, müssen sie regelmäßig gereinigt und im Sonnenlicht „aufgeladen“ werden. Ein Kristall besitzt eine eigene Kraft, aber Sonnenstrahlen können ihn noch mächtiger machen. Es gibt so viele verschiedene Kristalle, dass ich sie hier unmöglich aufzählen kann. Stattdessen möchte ich nur einige beschreiben, die ich selbst verwende.

Kristalle bilden sich, wenn bestimmte Flüssigkeiten plötzlichen Temperaturschwankungen ausgesetzt werden – zur großen Freude der Welt der Magie. Kristalle können heilen, schützen und bestimmte Kräfte verstärken. Jeder Typus hat seinen eigenen Nutzen, manche sind mächtiger als andere, aber keiner richtet Schaden an.

ROSENQUARZ

Diesen blassrosa Kristall darf man nicht mit dem Amethyst unten verwechseln. Rosenquarz ist der Kristall der Liebe und soll helfen, ein gebrochenes Herz zu heilen. Ich trage ihn an einer Schnur um den Hals.

Hinweis: Der rosa Amethyst ist der Stein der Freiheit. Er kann einem in schwierigen Situationen Kraft verleihen. Seine beruhigende Wirkung erhöht den Fluss gesunder Energie.

SCHWARZER ONYX

Der schwärzeste aller schwarzen Steine verleiht seinem Träger Stärke und Wissen. Ich habe einmal versucht, seine Kräfte zu entfesseln, indem ich ihn beim Morgenspaziergang fest in der Hand hielt. Ich fühlte mich stark, nicht nur körperlich, sondern auch mental. Mir ist seine Wirkung fast unheimlich – er gibt einem das Gefühl, unbesiegbar zu sein, auch wenn man es gar nicht ist. Was, wenn er in die Hände eines Schurken gerät?

TIGERAUGE

Dieser wunderschöne glatte Stein kommt am häufigsten in Südafrika, Indien, Südostasien und Australien vor und besitzt eine einzigartige gestreifte Oberfläche. Er ist ein äußerst geheimnisvoller Stein, der Böses abwehren soll.

amulette und talismane

Amulette und Talismane sind Gegenstände, in denen magische Kräfte wohnen, die sich in Form von Glück, Schutz oder Stärke manifestieren können. Man muss sie direkt am Körper tragen oder in der Nähe aufbewahren, damit sie wirken. Nur dann geben sie ihre Kraft ab.

Amulette und Talismane können aus Metall, Stein, Ton, Knochen, Zähnen und sogar Kokosnüssen hergestellt werden. Es gibt sie überall auf der Welt.

Donnersteine sind Feuersteine oder Fossilien, die an Orten entstehen, wo ein Blitz eingeschlagen hat. Früher glaubte man, sie seien vom Himmel gefallen .

amulette

In einem kleinen Bauerndorf in der Wildnis Skandinaviens entdeckte ich ein erstaunliches Amulett: einen Donnerstein. Die Einheimischen glaubten, Elfen würden mit ihnen nach Menschen, Rindern und Schafen werfen. Um sich davor zu schützen und um böse Zauber abzuwehren, trugen die Dorfbewohner Donnersteine um den Hals.

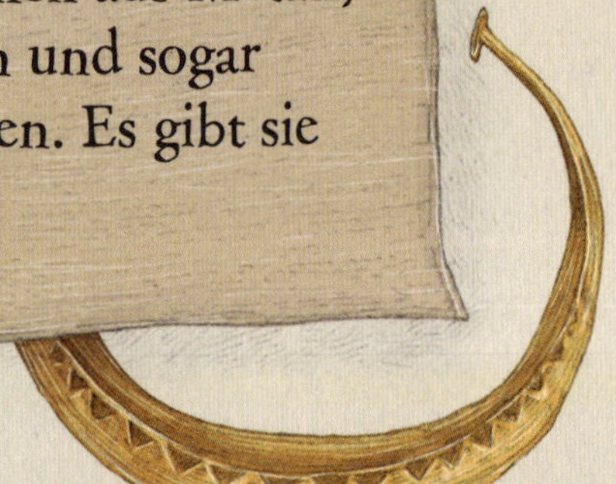

In Kairo stieß ich auf einen verstaubten Laden, der nichts als Amulette verkaufte. Dort erwarb ich diesen schönen Fisch-Anhänger. Der Ladeninhaber erzählte mir, solche Amulette seien für Kinder gedacht gewesen, um sie vorm Ertrinken zu schützen, sollten sie allzu dicht am Ufer des Nil entlanglaufen.

der skarabäus

Mistkäfer oder Skarabäen waren im Alten Ägypten heilig. Die Ägypter fertigten schützende Amulette aus Stein in Skarabäus-Form an. Allein die Form machte den Stein heilig, nicht das Material, aus dem er geschnitzt war! Sobald das Amulett die Form eines Skarabäus annahm, besaß es schützende Kräfte. Ich trage immer eines in der Tasche.

Die Farbe des Amuletts bestimmt die Quelle seiner magischen Kraft:

Ich musste immer wieder an den Laden denken und ging noch einmal hin, um mir noch ein Amulett zu kaufen: eine goldene Plakette mit einem Horusauge darauf, das gegen den „bösen Blick" schützen soll. Seitdem trage ich es immer bei mir. Bei meinem nächsten Besuch in Kairo war der Laden geschlossen, an die Tür war ein Horusauge gemalt.

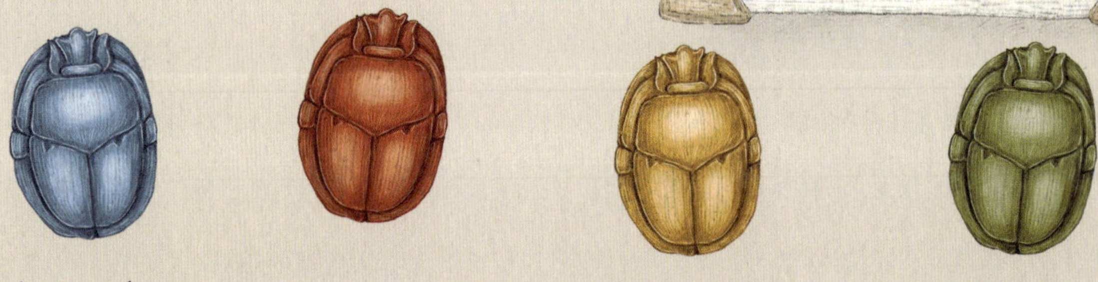

Blau: aus dem großen ägyptischen Strom Nil

Rot: vom ägyptischen Gott Ra

Gelb: von der Sonne und der Wüste

Grün: vom Wachstum der Pflanzen

Herzskarabäen

In diese Amulette wurden Sprüche aus dem ägyptischen Totenbuch eingraviert, bevor man sie Verstorbenen auf das Herz legte. Die Ägypter glaubten, das Herz eines Menschen würde auf dem Weg ins Jenseits vom Gott Anubis mit einer Feder – der „Feder der Wahrheit“ – aufgewogen. Hatte man ein gutes Leben geführt, war das Herz leicht wie eine Feder. War es aber zu schwer, aß Anubis den Toten auf. Ein Herzskarabäus sollte das Herz des Verstorbenen leichter machen. Herzskarabäen hatten normalerweise eine grünlich-schwarze Farbe.

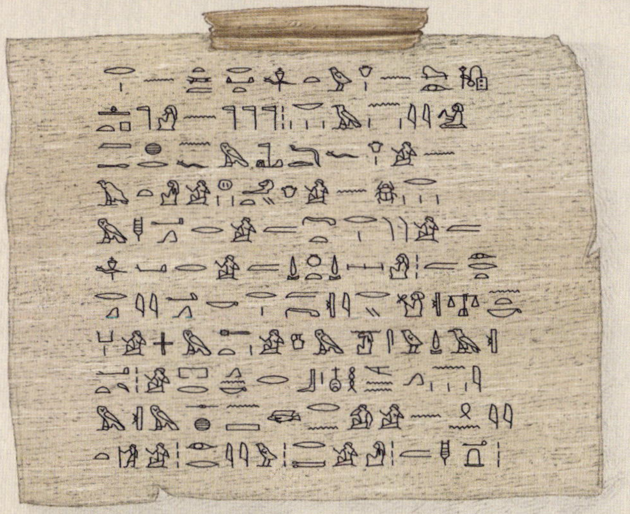

Der beliebteste Spruch für die Gravur auf der Rückseite eines Herzskarabäus war Kapitel 30 aus dem Buch der Zaubersprüche: der Zauber des Herzens.

Talismane

Ein Talisman ist ein Gegenstand, der schützt und manchmal auch Glück bringt. Er kann auch ein Symbol der Macht sein.

ISLAMISCHE TALISMANE

Im Islam graviert man religiöse Texte in besondere Gegenstände ein. Dies verleiht ihnen magische Kräfte, sodass sie ihren Träger vor dem Bösen schützen. Waffen, Kleidung oder Schmuck – alles eignet sich als Talisman.

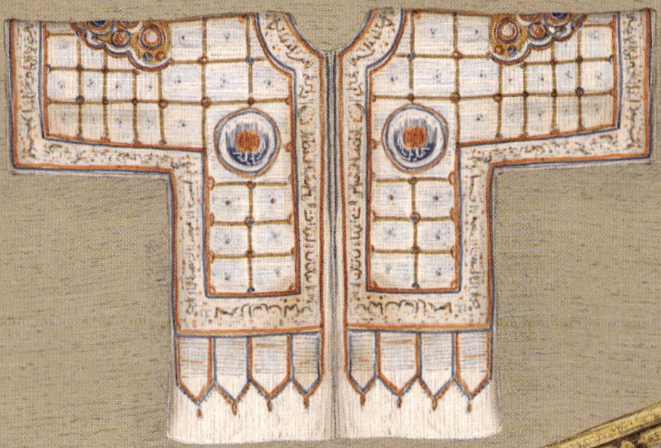

ZIEGENKÖPFE ALS TALISMANE

Der Stamm der Yomuden in Turkmenistan hängt Schädel von Bergziegen an den Eingang ihrer Jurten. Das soll Reichtum und Glück bringen. Stirbt einer von ihnen, wird ein Ziegenschädel auf sein Grab gelegt. Durch die Magie des Talismans geht die Energie der Ziege auf den Verstorbenen über und verleiht ihm die Kraft, ins Jenseits zu gelangen.

FANTASTISCHE PFLANZEN

Die magischen Kräfte der Pflanzen kennt der Mensch seit Urzeiten – und doch werden sie immer häufiger übersehen. Wer weiß heute noch, dass überall magische Pflanzen wachsen und dass jeder sie in seinem Alltag zu vielerlei Zwecken einsetzen kann? Vielleicht tragen meine Nachforschungen ja dazu bei, dass die Menschen die fantastischen Kräfte der Natur wieder mehr schätzen lernen.

Kräuterkundige

So nennt man Menschen, die sich auf die magischen Eigenschaften von Pflanzen und Bäumen spezialisiert haben. Sie sind nicht zu verwechseln mit Zaubertrankmeistern, auch wenn beide oft Hand in Hand arbeiten. Kräuterkundige studieren und experimentieren mit Pflanzen, um ihre Anwendung zu erforschen. Schon im Alten Ägypten wusste man um den medizinischen Nutzen von Pflanzen und kannte bereits die übernatürlichen Eigenschaften von Alraune, Mohn oder Knoblauch. Auf diesen Seiten findest du meine interessantesten Erkenntnisse.

VIERBLÄTTRIGER KLEE, *TRIFOLIUM HYBRIDUM*

Klee mit vier statt drei Blättern hat magische Kräfte: ein Blatt für die Hoffnung, eines für den Glauben, eines für das Glück und eines für die Liebe. Vierblättrige Kleeblätter sind sehr selten. Falls du eines findest, bewahre es gut auf! Ein Kräuterkundiger in Budapest verriet mir ein Rezept für einen Glückszauber:

Nimm ein vierblättriges Kleeblatt, wenn möglich zwei. Gib sie mit Thymian und Vanille in heißes Wasser. Lass den Sud im Licht des Vollmonds stehen, und trinke ihn, kurz bevor du Glück benötigst.

WÜRGEFEIGE, *FICUS ALTISSIMA*

Vor Kurzem wanderte ich auf der Suche nach Pflanzenproben durch einen Urwald in Thailand, als ich über die Wurzel einer Würgefeige stolperte. Tiefer im Wald sah ich, wie ganze Dörfer von ihren Wurzeln verschlungen worden waren. Plötzlich spürte ich eine Bewegung unter meinen Füßen und hörte ein Knacken. Ich rannte um mein Leben! Die bösen Bäume aus Märchen, deren Ranken aus dem Boden wachsen und nach deinen Füßen greifen, gibt es wirklich!

PONTISCHER BEIFUSS, *ARTEMISIA PONTICA*

Diese Pflanze wächst fast überall. Sie hilft gegen Magenbeschwerden und Hautausschlag, aber wende sie nur an, wenn sie dir ein Kräuterkundiger oder ein Zauberer verabreicht.
Ich selbst wurde einmal beim Sammeln von Beifuß von einer Wespe gestochen. Ich schaute in meinen Notizen nach und stellte fest, dass ich damit die Schmerzen lindern konnte. Also rieb ich frische Blätter auf die Haut und – es funktionierte!
Wenn Pontischer Beifuß zusammen mit Wurmkraut verbrannt wird, kann man mit dem Rauch Geister beschwören – wenn man das möchte. (Ich würde mir das gut überlegen!)
Pontischer Beifuß ist außerdem ein wichtiges Kraut für Wahrsager. Gedünstet in Olivenöl, kann man ihn zum Bestreichen von Zauberstab, Kristallkugel und sogar Tarotkarten verwenden, um deren Kraft zu steigern.

Verlässliche Kräuterkundige haben mir erzählt, dass Pontischer Beifuß hellseherische Kräfte verleiht, wenn man seine Samen kocht, während der Mars hoch am Himmel steht!

ALRAUNE, *MANDRAGORA*

Eine ausgewachsene Alraune eignet sich hervorragend als Schutzamulett. Die Pflanzen sind allerdings selten und schwer zu finden. Ihre unterirdischen Wurzeln sehen aus wie kleine Menschen! Und wer weiß, vielleicht hat die Pflanze sogar menschliche Empfindungen: Wenn man sie ausreißt, soll sie angeblich schreien und Flüche ausstoßen. Vorsichtshalber brachte ich meinem lieben Hund Ash bei, sie mit den Zähnen aus der Erde zu ziehen, damit mich kein Unglück traf. Ich hoffe, der Fluch gilt nicht für Hunde.
Eine Gruppe Hexen verriet mir ihr Rezept für einen Trank, mit dessen Hilfe sie fliegen konnten. Hier die Liste der recht merkwürdigen Zutaten:

ZUTATEN FÜR HEXENTRANK ZUM FLIEGEN

Fett eines gesunden Kindes
Selleriesaft
Fingerkraut
Weizen
Alraune

MARIE LAVEAU

Tief im Süden der USA liegt Louisiana. Die Geheimnisse der dortigen Magie kennen nur wenige Eingeweihte. Ich lernte dort eine Kräuterkundige namens Marie Laveau kennen, die sich um Kranke und Schwangere bemühte. So rettete sie eine Frau nach der Entbindung mit einer Mischung aus Kräutern und magischen Berührungen vor dem sicheren Tod, und sie heilte eine ganze an Gelbfieber erkrankte Familie, indem sie ihnen die Stirn mit einer Salbe aus Blättern bestrich.
Auf dem Heimweg machte ich im Staatsarchiv von Louisiana halt und fand einen Artikel über sie, in dem stand, dass sie 1801 geboren wurde. Ich traute meinen Augen nicht! Wenn das stimmte, wie konnte ich sie dann getroffen haben?

FANTASTISCHE PFLANZEN

Magie aus dem Vorratsschrank

Es ist Dezember und ich habe mich furchtbar erkältet. Aber auch wenn ich das Haus nicht verlassen kann, will ich weiter so viel wie möglich über Magie lernen. Mein aktuelles Forschungsobjekt ist mein heimisches Kräuterregal: Meine Notizen und die Ratschläge vertrauenswürdiger Freunde helfen mir bei meinen Untersuchungen.

BASILIKUM, *OCIMUM BASILICUM*

Wenn du von einem Insekt gestochen wirst, lege Basilikum auf den Stich, um das Gift herauszuziehen. Manche glauben aufgrund dieser Wirkung, dass Basilikum bösartige Eigenschaften habe – das Böse wird vom Bösen angezogen! Pflanzt man Weinraute direkt neben Basilikum, wächst er nicht. Wissen manche Pflanzen etwa, was Magie ist und wann man sie bremsen muss?

PFEFFERMINZE, *MENTHA PIPERITA*

Dieses Kraut hat reinigende Wirkung. Du kannst es vor und nach den Mahlzeiten als Tee trinken oder direkt einige Blätter essen. Angeblich soll Pfefferminze auch Vampire abwehren. Ich werde das im Hinterkopf behalten für den Fall, dass mir einer begegnen sollte.

ECHTER THYMIAN, *THYMUS VULGARIS*

Thymian hilft bei Husten, besonders bei solchem mit schleimigem Auswurf. Das Kraut wird rituell vor Schlachten verbrannt, um den Sieg zu sichern, und als Salbe zum Einreiben genutzt, um Mut für den Kampf zu sammeln.

ROSMARIN,
SALVIA ROSMARINUS

Dieses Kraut wird mit dem Tierkreiszeichen des Widders in Verbindung gebracht. Seine magische Wirkung entfaltet es, wenn man es gegen die Zähne und das Zahnfleisch reibt. So bleibt der Mundraum gesund.

NICHOLAS CULPEPER

Nicholas Culpeper war der beste unter den Kräuterkundigen. Sein Buch „Vollständige Kräuterkunde" war bei meinen Recherchen von unschätzbarem Wert. Er katalogisierte unermüdlich alltägliche Pflanzen und erforschte ihre Verwendungsmöglichkeiten. Er entdeckte u. a. den medizinischen Nutzen des Fingerhuts.

Gefährliche Pflanzen

Pflanzen haben viele magische, wunderbare und hilfreiche Eigenschaften. Aber nicht alle sind gesund! Berühre niemals eine Pflanze, die du nicht kennst oder über die du nicht Bescheid weißt – die Folgen können fürchterlich sein.

SCHWARZE TOLLKIRSCHE,
ATROPA BELLADONNA

Die Tollkirsche hat violette Blüten und schwarze Beeren und ist extrem giftig. Sie sollte nur von erfahrenen Kräuterkundigen verwendet werden, da sie tödlich sein kann. Also: Finger weg von dieser Pflanze!

Zu den weniger tödlichen Verwandten der Tollkirsche gehören Kartoffeln, Auberginen und Tomaten.

FINGERHUT, *DIGITALIS*

Der Fingerhut mit seinen hübschen Blüten kann in kleinen Mengen in Tränken verwendet werden, die ein gebrochenes Herz heilen helfen. Aber sei stets umsichtig und ziehe immer einen Kräuterkundigen und einen Zaubertrankmeister zurate: Zu viel Fingerhut ist giftig.

GEFLECKTER SCHIERLING,
CONIUM MACULATUM

Diese Pflanze ist tödlich für Menschen und Tiere. Während die Tiere wissen, wie man Schierling meidet, verwenden die Menschen ihn für diverse Schadenszauber. Auch um ihre Zaubersprüche wirksamer zu machen, benetzen Hexen oder Zauberer ihren Zauberstab mit einer Flüssigkeit, die Schierling enthält. Die Pflanze darf man UNTER KEINEN UMSTÄNDEN verzehren.

Manche Hexen und Zauberer bestreichen die Spitze ihrer Besenstiele mit einem Schierlingstrank – für einen reibungslosen Flug.

MAGISCHE BÄUME

Bäume gelten in der magischen Welt als besonders geheimnisvolle Lebewesen. Jeder Baum ist eine Säule der Weisheit und hat schon mehr Zauberei gesehen, als mir in meinem Leben vergönnt sein wird. Hier sind einige meiner Favoriten.

AFFENBROTBAUM, *ADANSONIA*

Als ich in Madagaskar durch einen Wald von Affenbrotbäumen ging, fühlte ich mich wie in einer magischen Welt. Man sagt, in den Affenbrotbäumen wohnten die Geister der Toten. Als ich in das Dorf zurückkam, in dem ich übernachtete, hatten die Frauen eine Salbe aus den wertvollen Blättern für mich zubereitet. Sie sagten mir, dass sie mir Jugend und Gesundheit verleihen würde. Mir wurde schon oft gesagt, dass ich noch immer wie zwanzig aussehe – es scheint also zu funktionieren!

SILBERWEIDE, *SALIX ALBA*

In Japan glaubt man, dass Silberweiden Geister beherbergen. Wenn du eine findest, drücke deinen Kopf gegen den Stamm und lausche, bis du sie flüstern hörst ...

ECHTE ZYPRESSE, *CUPRESSUS SEMPERVIRENS*

Die älteste Zypresse der Welt steht im Iran und ist geschätzte 4 000 Jahre alt! Die magische Symbolik des Baumes ist fast so alt wie die Menschheit: Er steht für Trauer und den Eintritt ins Jenseits. Wenn man Zypressenblätter auf das Grab eines geliebten Menschen legt, helfen sie der Seele, ihre letzte Ruhestätte zu erreichen.

Die Zypresse besitzt außerdem heilende Eigenschaften: Schält man die Rinde ab, beruhigt das freigelegte Holz kranke Hautstellen. Ein Trank aus Zypressenrinde fördert die Verdauung.

ESCHE,
FRAXINUS EXCELSIOR

Die Esche, leicht an ihrer weichen, silbrigen Rinde zu erkennen, ist auch als „Heilbaum“ bekannt. Aus ihren Blättern kann man Heiltränke herstellen. Aber Obacht: In vielen Eschen leben Baumnymphen, also frage immer um Erlaubnis, bevor du Blätter pflückst!

VOGELBEERE,
SORBUS AUCUPARIA

Die Vogelbeere oder Eberesche ist der magischste aller Bäume. Pflanzt du eine Vogelbeere neben deine Tür, hält sie unerwünschten Besuch fern. Hast du dich verirrt, weist sie dir den Weg nach Hause. Ihre roten Beeren schützen vor bösen Geistern.

Das Holz der Vogelbeere eignet sich wunderbar für Zauberstäbe, da es seit Anbeginn der Zeit magische Kraft enthält: Mithilfe einer Vogelbeere, die ihm ihre Zweige entgegenstreckte, entkam der Gott Thor aus dem Fluss der Unterwelt. Schlaue, mächtige Elfen, die uns beschützen, leben in diesen Bäumen.

Verliert dein Vogelbeerbaum jedoch seine Farbe, kann das ein Hinweis auf einen harten Winter mit Husten und Erkältungen sein.

STIELEICHE,
QUERCUS ROBUR

Die Eiche ist die Königin der Bäume. Sie ist den Hexen, Zauberern und sogar den Göttern heilig. Ihre Wurzeln wachsen so tief in die Erde, wie sich ihre Äste in den Himmel erheben – so können die Götter sie von oben und unten gut erreichen. Eine Eichel auf der Fensterbank oder auf dem Türrahmen schützt dein Haus vor Blitzen.

Die Eiche steht für Kraft und Ausdauer und wird in Tränken für Stärke und Wissen verwendet.

BÄUME FÜR ZAUBERSTÄBE

Zauberstäbe leiten Magie nicht nur, sie steckt in jeder ihrer Fasern. Das Holz, aus dem ein Zauberstab gemacht ist, beeinflusst seine Stärken und Schwächen – und verrät viel über seinen Besitzer!

Für seinen Zauberstab wählt ein Heilzauberer das Holz eines stärkenden Baums. Für Kampfzauber wählt man einen schützenden Baum, für Lernzauber einen Baum der Weisheit. Ich sage hier „wählen“, doch in Wirklichkeit ist es die Magie selbst, die einen Zauberstab und seinen Träger zusammenführt.

Wie die Tierkreiszeichen erhalten Zauberstabhölzer ihre magischen Kräfte von den Planeten und werden von ihnen beeinflusst.

Ich habe schon einiges über Bäume für Zauberstäbe herausgefunden – ob wohl weitere existieren?

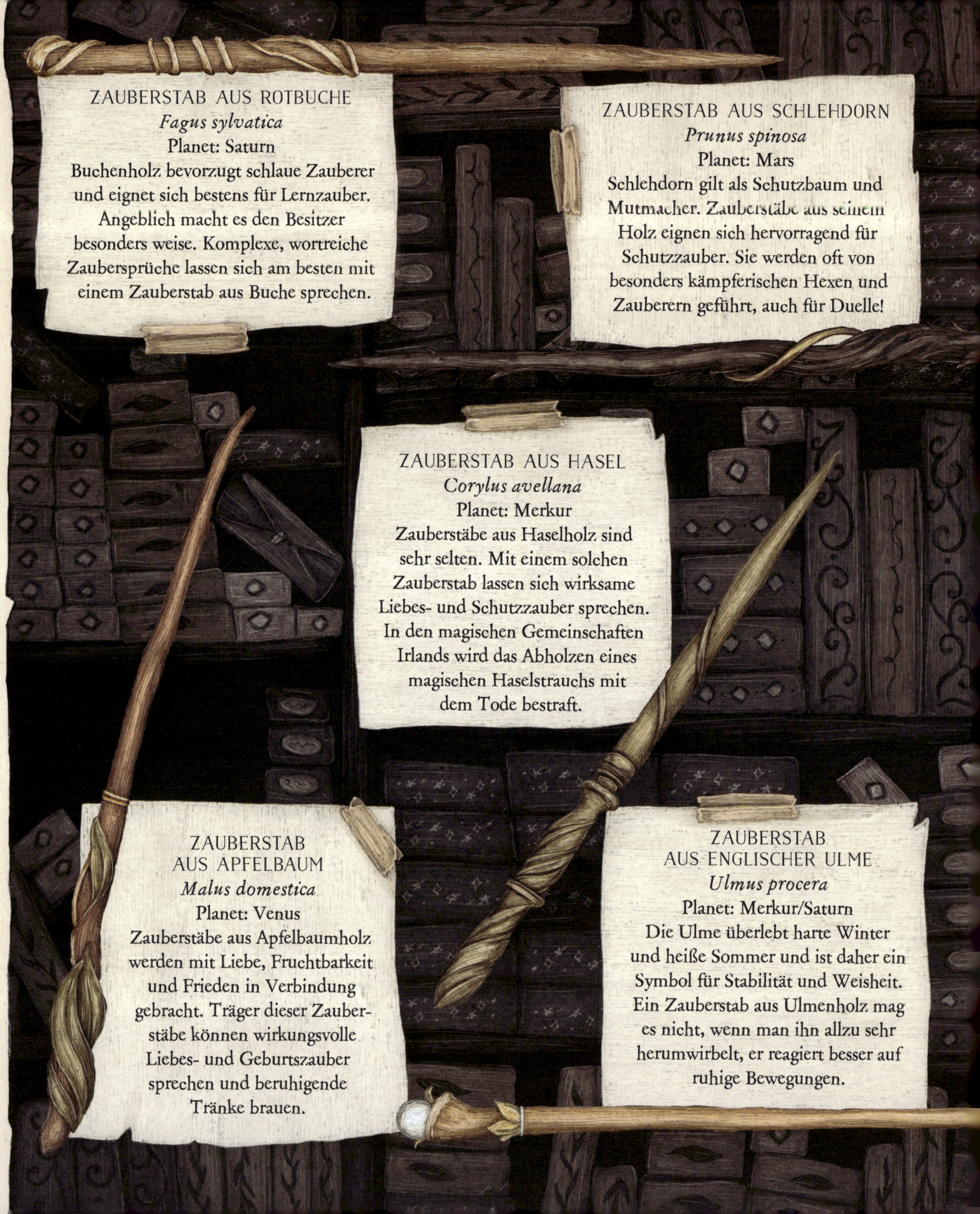

ZAUBERSTAB AUS ROTBUCHE
Fagus sylvatica
Planet: Saturn
Buchenholz bevorzugt schlaue Zauberer und eignet sich bestens für Lernzauber. Angeblich macht es den Besitzer besonders weise. Komplexe, wortreiche Zaubersprüche lassen sich am besten mit einem Zauberstab aus Buche sprechen.

ZAUBERSTAB AUS SCHLEHDORN
Prunus spinosa
Planet: Mars
Schlehdorn gilt als Schutzbaum und Mutmacher. Zauberstäbe aus seinem Holz eignen sich hervorragend für Schutzzauber. Sie werden oft von besonders kämpferischen Hexen und Zauberern geführt, auch für Duelle!

ZAUBERSTAB AUS HASEL
Corylus avellana
Planet: Merkur
Zauberstäbe aus Haselholz sind sehr selten. Mit einem solchen Zauberstab lassen sich wirksame Liebes- und Schutzzauber sprechen. In den magischen Gemeinschaften Irlands wird das Abholzen eines magischen Haselstrauchs mit dem Tode bestraft.

ZAUBERSTAB AUS APFELBAUM
Malus domestica
Planet: Venus
Zauberstäbe aus Apfelbaumholz werden mit Liebe, Fruchtbarkeit und Frieden in Verbindung gebracht. Träger dieser Zauberstäbe können wirkungsvolle Liebes- und Geburtszauber sprechen und beruhigende Tränke brauen.

ZAUBERSTAB AUS ENGLISCHER ULME
Ulmus procera
Planet: Merkur/Saturn
Die Ulme überlebt harte Winter und heiße Sommer und ist daher ein Symbol für Stabilität und Weisheit. Ein Zauberstab aus Ulmenholz mag es nicht, wenn man ihn allzu sehr herumwirbelt, er reagiert besser auf ruhige Bewegungen.

ZAUBERSTAB AUS ESCHE
Fraxinus excelsior
Planet: Neptun
Esche ist das Holz der Denker. Ihre Maserung verläuft so geradlinig wie ein scharfer Verstand. Esche hat heilende Eigenschaften, Zauberstäbe aus diesem Holz eignen sich für Heilzauber.

ZAUBERSTAB AUS HARTRIEGEL
Cornus florida
Planet: Jupiter
Der Hartriegel hat starke Heilkräfte. Ein sanftmütiger Zauberer kann mit einem Zauberstab aus seinem Holz anderen helfen. In der Mittsommernacht soll das Harz des Hartriegels Wünsche wahr werden lassen.

ZAUBERSTAB AUS STECHPALME
Ilex aquifolium
Planet: Saturn
Das Holz der Stechpalme hat eine starke Schutzkraft und eignet sich für besonders tapfere Zauberer. Die Stechpalme schützt Neugeborene und wird an Hauseingängen gepflanzt, um böse Geister fernzuhalten. Darum holt man sich gerne zu Weihnachten ihre Zweige ins Haus – in den dunkelsten Tagen des Winters.

ZAUBERSTAB AUS VOGELBEERE
Sorbus aucuparia
Planet: Merkur
Zauberstäbe aus Vogelbeere eignen sich besonders gut zum Schutz vor Krankheiten. Manche Quellen legen nahe, dass schon das Tragen eines solchen Zauberstabs schweren Erkältungen vorbeuge.

ZAUBERSTAB AUS EIBE
Taxus baccata
Planet: Pluto
Für die alten Britannier symbolisierten Eiben den Tod und die Auferstehung. Sie waren der griechischen Göttin der Unterwelt, Hekate, heilig. Mit einem Zauberstab aus Eibenholz kann man in die Vergangenheit reisen und die Geisterwelt betreten. Aber das Holz der Eibe ist giftig, also sei vorsichtig!

So bewegt man einen Zauberstab

Man kann einen Zauberstab nicht einfach in die Hand nehmen und erwarten, dass er „zaubert“. Damit ein Zauberstab funktioniert, muss man die richtigen Bewegungen mit ihm ausführen.

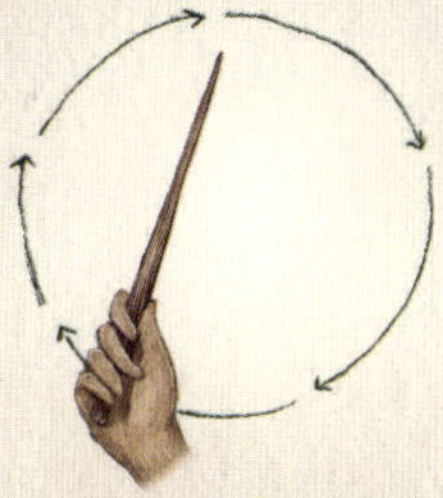

SCHWEBEZAUBER
Führe kreisförmige Bewegungen auf Höhe des Gegenstands aus, den du in die Luft erheben willst.

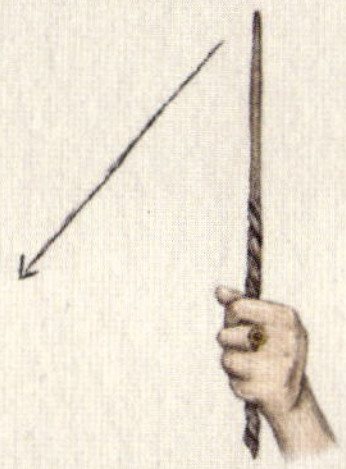

SCHUTZZAUBER
Führe saubere, scharfe Bewegungen aus. Drücke alle Finger eng aneinander. Zögere nicht und entspanne nicht dein Handgelenk.

WENN DU EINEN ZAUBERSPRUCH ZUM ERSTEN MAL AUSSPRICHST
Halte den Zauberstab in die Höhe und konzentriere dich auf das Objekt des Zaubers. Spreize den kleinen Finger dabei ab.

HEILZAUBER
Entspann dich. Der Zauberstab und die Magie wissen, was zu tun ist. Lass dich von ihr leiten, und der Zauberstab wird dir folgen. Halte die Augen offen und klemm den Daumen ein.

EINEN ZAUBERTRANK BRAUEN
Halte den Zauberstab mit beiden Händen. Klopfe auf den Rand des Kessels, oder bugsiere mit der Spitze des Zauberstabs größere Zutaten in den Zaubertrank. Aber lass ihn bloß nicht aus Versehen hineinfallen!

MAGISCHE BEGLEITER

Viele Hexen und Zauberer haben ein Tier als Begleiter. Manche gelten als böse, aber die meisten sind einfach Haustiere, die mit ihren besonderen Eigenschaften das magische Wirken ihrer Besitzer unterstützen.
Soweit ich weiß, wurden diese magischen Begleiter in Europa erstmals im Mittelalter erwähnt. Eigentlich sind es Geister, die in den Körpern der Tiere wohnen und ihrem Meister helfen, ihm dienen und ihn beschützen. Oft handelt es sich um recht kleine Tiere.

KATZE

Die Katze ist der häufigste Begleiter von Zauberern und Hexen. Mit ihrer stillen Präsenz wirkt sie stets, als ob sie heimliche Pläne schmiede. Katzen können sich zwischen unserer und der magischen Welt hin- und herbewegen.

HASE

Der Hase passt zu Zauberern, die allein leben. Hat sich sein Meister verlaufen, führt er ihn heim. Hexen nehmen oft die Gestalt von Hasen an. Wenn ich zwei Hasen zusammen sehe, frage ich mich: Ist das etwa eine Hexe mit ihrem Begleiter? Der Meister kann sich die Nachtsicht und das scharfe Gehör des Hasen „borgen".

FRETTCHEN

Nur schwarze und weiße Frettchen eignen sich als Begleiter, braune Exemplare haben keine magischen Eigenschaften. Frettchen sind neugierig und bösartig. Sie werden von Magiern gehalten, die gerne tratschen: Frettchen sind Gestaltwandler und können sich so unbemerkt in Häuser schleichen. Dort belauschen sie private Gespräche und berichten das Gehörte ihrem Meister. Der kann es wiederum für böse Zauber verwenden.

KRÖTE

Kröten werden oft als hässliche Tiere abgetan – dabei sind sie besser als ihr Ruf! Mit der richtigen Pflege wird eine Kröte ein kluges, freundliches Geschöpf. Die Riesenkröte besitzt Giftdrüsen und kann bis zu 24 Zentimeter lang werden – auch ohne Gift eine bedrohliche Erscheinung!

HUND

Hunde spüren intuitiv, wie es ihrem Herrchen oder Frauchen gerade geht. Sieht man eine Hexe oder einen Zauberer mit Hund, kann es aber durchaus sein, dass es sich nur um ein Haustier handelt, nicht um einen magischen Begleiter.

RATTE

Schwarze Ratten mit hellem Schwanz eignen sich als magische Begleiter. Sie haben zwar keine eigenen magischen Fähigkeiten, aber sie beschützen ihren Meister, und wenn sie in Bedrängnis sind, eilen ihnen außerdem zahlreiche Artgenossen zu Hilfe.

FLEDERMAUS

Flügel und Blut der Fledermaus werden in Zaubertränken verwendet. Eine Fledermaus als magischer Begleiter gibt beides manchmal freiwillig her (der Flügel wächst dann mit magischer Geschwindigkeit nach). In Südamerika sind sie groß wie Falken!

EULE

Die weise Eule passt zu einem Meister mit scharfem Verstand und gutem Herzen, der andere beschützen will. Fühlt sie sich bedroht, kann eine Eule sich in einen Wolf oder einen Bären verwandeln. Eulen kommunizieren nicht direkt, aber allein durch ihre Nähe machen sie ihren Meister klüger: Ihre Weisheit „färbt ab“.

MAGISCHE LINIEN

Die Magie hat über die ganze Erde hinweg Pfade geschaffen, entlang derer bestimmte Kräfte fließen. Man nennt sie Ley-Linien. Viele historische Denkmäler, Grabstätten und heilige Steine sind durch diese Linien miteinander verbunden. Ich habe viele Karten der Gegend, in der ich wohne, markiert und deutliche Linien gefunden, die alle wichtigen Orte verbinden. Da muss Magie im Spiel sein!

MAGIE KENNT KEINE GRENZEN

Ich habe in meiner Werkstatt eine Weltkarte ausgebreitet und die Ley-Linien darauf eingezeichnet. So kann ich die magische Welt als Ganzes betrachten, denn Magie kennt keine Grenzen.

ALFRED WATKINS

Mein guter Freund Alfred arbeitete im britischen Herefordshire unermüdlich daran, die Existenz der Ley-Linien zu beweisen. Er verfasste einen Leitfaden für die Suche nach ihnen – und er erfand sogar den Begriff, abgeleitet von den Endungen englischer Ortschaften mit -leigh oder -ley (altenglisch für „Lichtung, Rodung").

Ein Gasthaus bei mir um die Ecke liegt auf einer solchen Linie – wahrscheinlich spukt es deshalb dort. In dem Gebäude ist die Ley-Linie so mächtig, dass übernatürliche Kräfte in den Wänden wohnen. Vielleicht wird es eines Tages so viel Magie in sich aufgenommen haben, dass es lebendig wird und umherwandert.

Wenn man über eine Ley-Linie geht, spürt man einen Impuls magischer Energie. Ich habe mir vorgenommen, so viele dieser heiligen Linien abzuschreiten, wie ich finden kann, und alle magischen Erscheinungen zu notieren.

VON DEN ÄGYPTISCHEN PYRAMIDEN BIS NACH STONEHENGE

Auf diese Linie war ich besonders gespannt, da ich wusste, dass sie beim glorreichen Stonehenge endet. Wir begannen bei den Pyramiden von Gizeh. Per Kamel und zu Fuß ging die Reise weiter zur nächsten Station, der „Sonnenpyramide" in Bosnien.

Die gesamte Reise über spürten wir einen Hauch von etwas Übernatürlichem, das uns vorantrieb. Wir sprachen ständig im Flüsterton, als ob wir sonst den Energiestrom um uns herum stören könnten. Ich fürchte aber, dass ich die ganze Mystik am Ende der Reise in England verdarb, als ich über ein Schaf stolperte.

VON DER CHINESISCHEN MAUER BIS NACH MACHU PICCHU

Ich reiste mit Ley-Linien-Suchern nach China. Zunächst wanderten wir entlang der Chinesischen Mauer, die sich über viele Meilen durch die Landschaft schlängelt. Nachts hatte ich das Gefühl, die Mauersteine würden zu mir sprechen und wüssten, wohin wir unterwegs waren.

Anschließend setzten wir nach Peru über. Ich bin sicher, dass ich während der zweiwöchigen Schiffsreise Funken unter den Wellen sah und geisterhafte Gestalten, die uns den Weg wiesen. Sie erschienen mir bei Sonnenaufgang und in der Abenddämmerung.

Als wir Machu Picchu erreichten, war ich überwältigt von den großen Steinformationen. Ich spürte den Erdboden beben, und mir wurde klar, dass wir das Ende der heiligen Linie erreicht hatten.

UNSELIGE LEY-LINIEN

Das Bermuda-Dreieck liegt vor der Südküste Amerikas und ist ein gutes Beispiel dafür, was passiert, wenn man eine Ley-Linie kreuzt, die Unglück bringt. In diesem „Teufelsdreieck" gibt es unerklärliche Wetterereignisse und immer wieder verschwinden dort Schiffe.

MAGISCHE TAGE

Einige Tage im Jahr sind besonders magisch und werden seit Jahrtausenden gefeiert. Jeder hat seine eigene Kraft, Geschichte und Bedeutung.

MAIFEIERTAG

Am 1. Mai feiert man auf der ganzen Welt den Frühling und das Erblühen der Natur. Im Römischen Reich hieß das Fest Floralia – zu Ehren von Flora, der Göttin der Blüte.

An diesem Tag sollte man Zutaten für Zaubertränke pflücken oder Stecklinge von einem Zauberstab-Baum schneiden. Eine Hexe riet mir außerdem, am Maifeiertag im Morgengrauen mein Gesicht mit frischem Tau zu benetzen, um den Teint frisch und jung zu halten. Meine Falten hat es jedenfalls sichtbar geglättet!

IMBOLG ODER OIMELC

Der irische Feiertag Imbolg gilt als erster Tag des Frühlings und wird im Februar gefeiert. Dieser Tag symbolisiert Neubeginn und ist ein guter Zeitpunkt, um mithilfe von Wahrsagerei das Wetter für das kommende Jahr vorherzusagen.

HALLOWEEN

Am Abend vor Allerheiligen, der Halloween genannt wird, kann man besonders gut beobachten, was die Kraft der Magie alles vermag. Wenn die Nacht beginnt, ist die Verbindung zwischen unserer Welt und der Welt der Geister besonders stark. Dämonen und böse Geister warten an der Grenze darauf, eingelassen zu werden.

Aber nicht alle Geister sind böse. Auch die Geister geliebter Menschen können in dieser Nacht erscheinen. Als ich einmal zu Allerheiligen in Japan war, umkreiste mich plötzlich ein Schwarm Glühwürmchen. Mein Begleiter sagte mir, sie verkörperten die Seelen der Toten.

Wenn du an Halloween den Namen der Person, in die du verliebt bist, in eine Haselnuss ritzt (das ist gar nicht so einfach!) und die Nuss ins Feuer wirfst, erfährst du, ob sie die Gefühle erwidert: Verbrennt die Nuss, hast du Glück, wenn sie platzt, soll es leider nicht sein …

WINTERSONNENWENDE

Am kürzesten Tag des Jahres, zur Wintersonnenwende, ist die Nacht am längsten.

Im Iran heißt sie Yaldā. Sie gehört der dunklen Seite der Magie. Nur wer Schutz bei Familie und Freunden sucht, ist sicher vor dem Bösen, das in der Dunkelheit lauert.

SOMMERSONNENWENDE

Am längsten Tag des Jahres ist die Nacht am kürzesten. Dieser Tag ist magisch, denn wenn die Sonne am höchsten steht, ist ihre Kraft am stärksten. Jetzt solltest du deine Kristalle aufladen und von schlechten Energien reinigen.

magische wochentage

SONNTAG

Der Tag der Sonne. Geeignet für: Glücks- und Inspirationszauber; Tränke mit gelben oder orangefarbene Blüten

Farben: Gelb und Gold

An diesem Tag solltest du etwas anpflanzen oder planen.

MONTAG

Der Tag des Mondes. Geeignet für: Reisemagie, z. B. Zaubersprüche, die eine sichere Überfahrt garantieren; Tarot

Farben: Silber und Weiß

An diesem Tag solltest du eine Reise beginnen oder Zeit mit deiner Familie verbringen.

DIENSTAG

Der Tag des Mars. Geeignet für: Tränke mit roten Blüten oder Pflanzen; Verhexen anderer Leute

Farben: Rot und Orange

An diesem Tag solltest du dich deinen Ängsten stellen. Ein guter Tag, um zu heiraten.

MITTWOCH

Der Tag des Merkur. Geeignet für: Pause von der Magie! Sprich bereits am Dienstag einen Schutzzauber, wenn du am Mittwoch reisen willst.

Farben: Violett und Grün

An diesem Tag solltest du auf Reisen gehen.

DONNERSTAG

Der Tag des Jupiter. Geeignet für: Heilzauber und -tränke; Ausprobieren komplexer Zauber, die du dich an einem Mittwoch nicht traust

Farben: Blau und Grün

An diesem Tag solltest du die Ernte einbringen.

FREITAG

Der Tag der Venus. Geeignet für: Liebeszauber und Tränke

Farben: Rosa und Hellblau

An diesem Tag solltest du dich verlieben, wenn du denn möchtest.

SAMSTAG

Der Tag des Saturn. Geeignet für: Vertreiben böser Geister und Dämonen

Farben: Schwarz und Violett

An diesem Tag solltest du mit deinem Zauberstab auf alles klopfen, was du besitzt, um negative Energie zu vertreiben. Sei kreativ und bereite dich auf den Sonntag vor.

MAGISCHE SCHRIFTEN

Um über Magie zu schreiben, braucht es manchmal eine Schrift, die mehr vermag als unser bekanntes Alphabet. Im Laufe der Jahre wurden spezielle Codes und Geheimsprachen entwickelt, um sicherzustellen, dass die Magie nicht in die falschen Hände gerät. Hier sind einige geheime magische Schriften, die ich entdeckt habe.

HENOCHISCHE SCHRIFT

Ich schreibe diese Notizen von links nach rechts. Würde ich sie auf Arabisch, Urdu oder Hebräisch verfassen, würde ich von rechts nach links schreiben. Auch die henochische Schrift notiert man von rechts nach links. Sie wurde im 16. Jahrhundert von den Zauberern, Astronomen und Alchemisten John Dee und Edward Kelley entwickelt. Sie glaubten, dass Engel ihnen diese Sprache offenbart hätten, um mit der Geisterwelt in Kontakt treten zu können.

Um Botschaften von den Engeln zu erhalten, führten sie folgendes Ritual durch:

Sie nahmen einen Trank ein, dessen Zutaten geheim blieben, der aber viel Rauch verursachte, und schauten dann in einen schwarzen Obsidianspiegel. Als sie hineinblickten, fielen sie in Trance. In diesem Zustand konnten sie mit Geistern kommunizieren und die Schrift aufzeichnen, wie sie ihnen von den Engeln mitgeteilt wurde.

Sobald die Schrift vollständig notiert war, konnten auch andere damit Kontakt zu den Geistern aufnehmen. Ich muss herausfinden, ob man dafür unbedingt einen Obsidianspiegel braucht …

ENGELSSCHRIFT

Früher habe ich meine Instrumente immer bei Agrippa's Supplies in der Denmark Street in London gekauft. Mein letzter Kauf war eine kleine Geige, in die eine merkwürdige Schrift eingraviert war. Als ich darauf spielte, klang die Melodie viel schöner, als es bei mir normalerweise der Fall ist.

Ich fühlte mich plötzlich an Heinrich Agrippas Text „De Occulta Philosophia" („Über die geheime Philosophie") aus dem 16. Jahrhundert erinnert. (Ob beide Agrippas verwandt sind?) Agrippa hatte eine magische Schrift entdeckt: eine neue Sprache mit neuem Alphabet, um mit Geistern und Engeln zu kommunizieren. Ritzt man sie in ein Instrument ein, gibt es einen engelsgleichen Klang von sich.

Als ich mich das nächste Mal zu Agrippa's Supplies auf den Weg machte, war der Laden nach all den Jahren plötzlich verschwunden. Meine Geige macht unterdessen weiterhin wunderschöne Musik …

DAS THEBANISCHE ALPHABET ODER HEXENALPHABET

Im Jahr 1518 erschien das Buch „Polygraphia" von Johannes Trithemius, eine Sammlung von magischen Schriften. Eine davon ist das thebanische Alphabet. Mit dieser Geheimschrift konnte die magische Gemeinschaft Zaubersprüche und Zaubertrankrezepte notieren. Später wurde sie als „Hexenalphabet" bekannt.

MAGISCHE HILFSMITTEL

Ich habe diverse Objekte gesammelt, die unerlässlich sind, um Magie zu praktizieren. Sollte eine Nachfolgerin oder ein Nachfolger meine Forschungen fortsetzen, werden die folgenden Informationen sich hoffentlich als hilfreich erweisen.

MAGISCHE BÜCHER

Ich habe viele Texte über Magie gesammelt. Manchmal mache ich mir Sorgen, dass sie in die falschen Hände geraten könnten. Die Tür meiner Bibliothek ist stets abgeschlossen.

*

DAS GEHEIME GRIMOIRE VON TURIEL

„Grimoire" bedeutet Buch mit Zaubersprüchen. Dies ist das gefährlichste Buch in meiner Bibliothek! Darin steht, wie man den Dämon Turiel beschwört. Das ist Schwarze Magie. Ich lese nie laut daraus vor, damit ich ihn nicht aus Versehen anrufe.

*

VOLLSTÄNDIGE KRÄUTERKUNDE VON NICHOLAS CULPEPER

Unverzichtbare Lektüre für jeden, der Zaubertränke brauen will, vom Amateur bis zum Meister

*

DREI BÜCHER ÜBER DIE MAGIE VON HEINRICH CORNELIUS AGRIPPA VON NETTESHEIM

Agrippas Wälzer ist von unschätzbarem Wert beim Studium der Magie und behandelt alles Mögliche, von Beschwörungen bis hin zu Zaubertränken

*

DAS BUCH DER SCHATTEN

Dieses Buch ist nicht so gruselig, wie es klingt. Es ist ein magisches Wörterbuch mit Zaubertränken und -sprüchen, das ständig weiterentwickelt wird. Es stammt aus der Zeit der Hexenverfolgung. Am Ende wird der Leser aufgefordert, das Buch zu verbrennen, wenn er glaubt, dass er beim Lesen ertappt wurde.

*

MODERNE MAGIE VON PROFESSOR HOFFMANN

Auf den ersten Blick das albernste Buch in meiner Bibliothek. Es ist ein Handbuch mit billigen Tricks für Zaubershows. Aber es stehen auch wertvolle Informationen darin, z. B. wie man den Zauberstab richtig hält, wie man Karten legt – und wie man sich unsichtbar machen kann.

MAGISCHE SCHALEN

Bei der Herstellung werden solche Schalen mit heiliger arabischer oder hebräischer Schrift graviert, um ihnen ihre magische Kraft zu verleihen. Möchte man die Schale für Beschwörungen nutzen, trinkt man einen Zaubertrank daraus. Um böse Geister einzufangen, hängt man sie in einen Türrahmen; dort hält sie alles Böse auf, das versucht, ins Haus zu gelangen. Manchmal höre ich meine Schale flüstern, als sei etwas darin gefangen – unheimlich!

HEXENHÜTE

Bei einer archäologischen Ausgrabung in der Taklamakan-Wüste in China stieß ich auf Überreste von Hexen vom Stamm der Subexi. Sie waren mit ihren langen, spitzen Hüten begraben worden. In Europa wurden spitze Hüte erst ab dem 7. Jahrhundert mit Hexen in Verbindung gebracht.

TAROTKARTEN

Meine Tarotkarten wurden mir nach meiner Lesung geschenkt. Als ich sie in der Hand hielt, wurde mir plötzlich warm. Sie fühlten sich viel schwerer an als Papier – eher wie ein Klumpen Gold.

TELESKOPE

Ein Teleskop kann genauso hilfreich, aber auch so gefährlich sein wie ein Zauberbuch! Wer die Sterne betrachtet und sich mit Astrologie und Wahrsagerei auskennt, kann mit ihrer Hilfe auf Vorhersagen und Botschaften stoßen, die am Himmel verborgen sind!

ANTIKE ZAUBERARTEFAKTE

Dazu zählen:

* ein Nagel aus Bronze, der mit einem Vervollständigungszauber versehen ist: Der Zauber wird ausgelöst, wenn der Nagel in einen unfertigen Gegenstand gesteckt wird. Ich habe mit einer Zeitung experimentiert: Ich steckte den Nagel hinein, und das Kreuzworträtsel füllte sich von selbst aus!
* Drei schwarze Ringe mit Gravur: Diese Ringe sind mir bis heute ein Rätsel, es müssen Talismane sein.
* Drei polierte schwarze Steine mit eingeritzten Runen: Sie helfen mir bei schweren Entscheidungen.

KESSEL

Kessel benutzt man für magische Rituale und zum Kochen. Ich habe in China einen Kessel erstanden, der fast 2 000 Jahre alt ist. Wenn ich jemals einen Zaubertrank brauen sollte, werde ich ihn benutzen. Er hat aber auch die perfekte Größe für eine schöne Suppe. Früher wurden die Kessel mit reichen Leuten begraben – ein sicheres Zeichen für den Stellenwert der Magie!

HEXENBESEN

Ein Hexenbesen dient zum Fliegen, zum Saubermachen und manchmal, so vermute ich, auch zum Prügeln. Er funktioniert am besten, wenn er von der Hexe hergestellt wird, die ihn benutzen will. Das Reisigbündel am unteren Ende wirkt nicht nur als Gegengewicht für die Benutzerin, sondern hilft auch beim Lenken und Abbremsen während des Flugs.

Mein lieber Alfie,

Ich schreibe dir aus dem burmesischen Dschungel. Es hat so lange geregnet, dass der Boden ganz aufgeweicht ist und sich von selbst bewegt. Während um mich herum ungehindert reißende Bäche fließen, ist es mir gelungen, den Wald mit den Würgebäumen zu finden. Er liegt direkt neben einem kleinen Dorf, dessen Bewohner gelernt haben, mit diesen unglaublichen Bäumen zusammenzuleben.

Ich habe ausreichend Informationen über diese Gegend gesammelt und möchte mich auf den Weg machen, um meine Forschungen über die Magie in diesem Teil der Welt fortzusetzen. Die Dorfbewohner sagen, es sei gerade gefährlich, die Hütten zu verlassen, denn ein Unglück verheißender „Blutmond" stehe am Himmel. Mir ist es dennoch gelungen, einen jungen Mann zu finden, der mich durch den Dschungel führen will. Ich habe von seltsamen Vorkommnissen an der Grenze gehört und vermute, dass eine Ley-Linie dafür verantwortlich ist. Allerdings kann man sich bei Magie nie ganz sicher sein - sie überrascht einen oft mit dem, was man am wenigsten erwartet. Wenn ich heil nach Hause kommen will, werde ich mich auf meinen Verstand und das Wissen der Einheimischen verlassen müssen. Obwohl ich mich jahrelang mit Magie beschäftigt habe, kenne ich die Kräfte, die in dieser Gegend walten, längst nicht so gut wie die Leute, die hier leben.

Als Nächstes will ich nach Australien reisen, um die Magie Ozeaniens zu erforschen. Mein erstes Ziel ist Hobart in Tasmanien, wo man ein 400 Jahre altes Buch ausgegraben hat, das alle erdenklichen Zaubersprüche und Verwünschungen enthalten soll. Ich kann es kaum erwarten! Besonders neugierig bin ich auf die sogenannten „magischen" Zeichen an den Häusern in dieser Region, die sie schützen sollen. Ob ich selbst wohl ein paar Kräuter zum Schutz mitnehmen sollte? Ohnehin habe ich immer mein Tigerauge bei mir und trage mein Amulett - das sollte mich ausreichend vor Bösem behüten.

Dennoch habe ich eine unbestimmte Angst vor der nächsten Etappe. Falls mir etwas zustoßen, falls ich verschwinden sollte, wirst du wissen, dass es auf der Suche nach der Wahrheit geschah. Aber das ist bestimmt nur alberne Munkelei. Sobald ich zurück bin, werden wir darüber lachen!

Sieh zu, dass du meine Werkstatt sauber hältst. Ich möchte nicht, dass meine wertvollen Artefakte im Staub versinken, während ich fort bin.

Mit all meiner Liebe,

Dein Großvater, Conrad Gessner